マルクスの場合

諸井　学

目次

1　犬の系譜

「ハチより劣るヤツだ」と父が言った。

食卓のみんなが笑い転げた。

「タカの家へ行くのに迷子になったやなんて、タカの家から帰ってきたハチの方がえらいやないか！」

「月光仮面も形無しでんなあ、坊《ぼん》」

「うるさい！」

わたしは住み込みの店員キーやんに箸を投げつけた。

入学祝いに自転車を買ってもらい、補助輪を外して乗れるようになったので、タカアキ叔父さんの家へ行って驚かせてやろうと思ったのだ。セルロイドのサングラスをして、白い風呂敷のマントをなびかせて、月光仮面の歌を歌いながら走っていった。いつも父のスクーターの前のステップに乗って行ったから、道はわかっていた。ところが途中でわたしの前に三叉路が現れ、三叉路はいたるところにあり、何度も現れて道に迷い、ついに天に向かって泣き叫んだ。

「おかあちゃ〜ん！」

泣きべそをかいたわたしはお巡りさんに連れられて家に帰った。

ハチは以前何かの不始末をしでかして祖母の逆鱗に触れ、父がトラックに載せて隣り町の叔父さんの家の近くに捨てたのだった。ところがあくる日の朝、ハチはボロボロの姿になって家に帰って来た。祖母が戸口を開けると、ハチは尻尾をわずかに振りながらクンクンとすり寄って来たらしい。この姿に祖母は心を打たれ、裏の犬小屋に連れて行って食事を与えた。ハチと祖母の絆はさらに強まった。ハチは祖母の言葉がわかるらしく、話しかける祖母に向かってよく頷いていた。

夕食後、祖母がハチのエサを犬小屋へ持って行くのについて行った。菜っ葉と魚の骨を混ぜ、汁を掛けた残飯をハチはガツガツと食べた。わたしが食べ残したほうれん草やニンジンも入っていた。ハチは食べてしまうと器を舐め、さらに口の周りを舐めながらわたしを見つめた。

此奴よりわたしの方が劣ると噛われたのだ。思い返すと腹が立ってきて、むしゃくしゃしたのでハチの頭をコツンと叩いてやった。ハチは怒りもせず、不思議そうにわたしを見た。

「これがこれからの挨拶代わりだ、おぼえておけ！」

そう言って、もう一度コツンと叩き、わたしは立ち上がった。

それからはハチのところへ行くと、まず頭をコツンと一発叩いた。初めこそハチは不思議そうにしていたけれど、それがわたしの挨拶とわかったらしく、わたしが行くとその挨拶を待っているように尻尾を振って喜んだ。

二歳上の従兄が遊びに来たとき、わたしが得意がってハチの頭をコツンと叩くと、彼も真似をして叩いた。ハチは間髪を入れず従兄の手を噛み、彼が棒きれを手にして暴れたので小屋の中へ隠れてしまった。騒動を聞きつけて出て来た祖母は、従兄を連れて家の中へ入り、指の血を拭き取り、赤チンを塗って手当てした。従兄は祖母にリンゴをもらって帰って行った。

ハチはいったいどんな料簡だったのだろうか。同じく頭をコツンと叩く行為に、ハチはわたしと従兄を峻別した。おそらく親密度に由来するのであろうが、ハチは従兄を敵対者とみなしたのだ。わたしを身内、それもハチの態度から察するにわたしを庇護していると自負していたのではないか。ハチは、言葉は喋れないけど、わたしたちが考えていることをわかっているようだった。

祖母が忙しいとき、代わりにわたしがハチを散歩に連れて行くこともあった。祖母がわたしを一人前の扱いをしてくれているのが嬉しかった。しかし、今思い返せば、うるさく祖母に付きまとうわたしを、ハチが代わりに守をしていたのではなかったか。

魚屋の前を通るとき、店の大将がいつもハチの前に魚のアラを投げてくれるのだった。今から思えばそれは上得意である祖母に対する大将の挨拶だったのだが、わたしは親切なおじさんだと思っていた。ハチもおそらくそう思っていたのだろう。

ところがわたしと連れ立って散歩に行ったその日、魚屋の前を通りがかってもあいにく大将の姿がなかった。わたしは諦めて通り過ぎようとしたが、ハチが魚屋の前から動かない。わたしが大きな声でハチを叱ったり宥《なだ》めたりしながら鎖を引っ張っても、ハチは前脚を踏ん張って動こうとしなかった。

表の賑やかな声を不審がったのか、中からおばさんが出てきて、わたしたちの様子を見て状況がわかったらしく、中から魚のアラをひとつ投げてくれた。ハチはそれを食べてようやく得心し、散歩を続けたのだった。

家に帰ってからその話を祖母にすると、祖母はやにわに怒り出して、「この卑しい奴が！　この莫迦たれが！」と叫んで鎖の端でハチを叩いた。ハチはキャンキャンと泣き叫んで祖母に詫びたけれど、今から思えばハチはなぜ叱られているのかわかっていたのだろうか。

ハチはその後も反省の色はなく、魚屋でアラをもらい、いつものコースをあちこち小便をかけながら歩いて行く。まるでわたしを従えているような尊大な態度だった。わたしも尻尾をくるりと巻いたハチの毅然とした姿にまんざらでもなかった。

ある日、散歩の途中の路地で、友達らがビー玉で遊んでいるのを見つけた。わたしはしばらく立ち止まって彼らが遊んでいるのを見ていた。ハチも先を急ぐ散歩ではないので、大目に見てくれて近くにあったゴミ箱の周辺を嗅ぎまわっていた。

いっしょに遊ぼうと、その中の一人が誘ってくれた。ちょっと迷った。ハチの散歩の途中でもあるし、そもそもわたしはビー玉遊びを禁じられていたのだった。

「ビー玉なら、貸してあげる」と、別の一人が甘い言葉を投げかけた。

わたしの心は揺らいだ。長いことビー玉遊びをしていない。一度くらい良いだろう。少しのあいだだけだ。そして、仲間に入れてもらおうと、声に出して踏み出そうとした瞬間、ハチが鎖をグッと引いてわたしを止めた。

わたしは前に出ようとした。ハチはさらに鎖に体重をかけて引っ張った。ハチを見やると、「駄目！」という目でわたしを睨んでいた。

「バアさんに叱られるぞ！」と言う顔だ。

「少しくらい良いじゃないか」というわたしの甘えた思いをハチは断ち切った。

「またね……」わたしはそう言って、その場を離れた。

わたしはビー玉遊びを家族から禁じられ、ビー玉を持つことさえ赦されず、母からたびたびポケット検査を受けた。

これにはわけがある。

話しておこう。

幼い頃からわたしにはビー玉をしゃぶる嗜癖《しへき》があった。

いったいに幼児はおしゃぶりが大好きで、専用のゴムの「おしゃぶり」や、なければ自分の親指を銜えて眠りに就く。わたしはゴムの「おしゃぶり」を卒業させられてから、ビー玉をしゃぶるようになった。

わたしがことさらにビー玉を愛したのは、あの滑らかなガラス玉を口に含んだときの、唇や舌の上に感じた心地よい感触のゆえだった。ちょっと大人びた表現を借りて、今にも射精しそうな、と言えばわかっていただけるだろうか。

ところがこのおしゃぶりによって、聡明な人なら容易に推測できる失敗をわたしはやらかした。

そう、ビー玉を呑みこんでしまったのだ。

それはビー玉を二個しゃぶっているときだった。ビー玉を二個しゃぶると、舌の上で味わう快感が相乗した。ビー玉を二個舌の上に転がせてガチガチと擦り合わせて楽しんでいたのだ。

それは公園のブランコの上だった。わたしは揺られながら陶酔状態になっていた。そして、口の中に溜まった唾液を啜ろうとした瞬間、二個のビー玉を唾液とともにゴクリと呑みこんでしまったのだった。

時間が止まった。

しばらくわたしは眼を白黒させていた、と思う。

さて、われにかえると、わたしは吠えるように泣き叫び、母のもとへ走って帰った。

当初母は、泣き虫のわたしがまた近所のガキ大将に面白がって苛められたのだと勘違いして、優しく宥《なだ》めてくれた。

わたしは母が抱く手を振り払い、母の目を見つめて何度もかぶりを振った。

やがてことの経緯《いきさつ》を知ると、母はいきなりわたしの顎を押さえて口の中に指を差し入れた。

オエオエとゲロを吐く間もなく、わたしは太ももから逆さに抱え上げられ、逆さ釣りにされた状態で背中をドンドン叩かれた。

ゲエゲエ呻きながら泣き叫び、釣り上げられた魚のように悶え暴れたけれど吐き出せない。ついに二人はその場に座り込んでゼイゼイ息をした。

母は嫌がるわたしを抱きかかえ、タクシーで病院へ駆け込んだ。病院での話は割愛しよう。とても不思議な体験をしたのだけれど、それは別の機会に譲る。結果的には、わたしは何の異常もなく、あくる日二つのビー玉は雲古に包まれて出てきたのだった。

以来、わたしが所有していたビー玉はすべて母によって没収され、わたしはビー玉を所有しないこと、ビー玉遊びをしないこと、決してビー玉をしゃぶらないことを誓わされた。このことは関係者各位、即ち祖母や幼稚園の先生方、近所の小学生の諸先輩の方々、さらには友人たち及び彼らの保護者一同に通達されたのだった。以後、わたしは公式にビー玉遊びの仲間に入れてもらえなくなったのだった。

この事件によって、わたしはビー玉を呑み込んでも、自らの健康を損なうことはないと知った。わたしはビー玉を持つことを禁じられたけれど、それからもわたしは二個のビー玉を密かに所有し、隠れて心行くまでおしゃぶりをした。そして、それを巧妙に隠したのだった。どこに隠したかは教えない。

ある日、その隠し場所からビー玉を取り出しているところを父に見つけられたのだった。

わたしは雲古をしたあと、尻を拭くのも忘れてオマルの中の雲古を触っていた。

突然、「ど阿呆！」という罵声とともに頭に衝撃を受けた。

一瞬目がくらみ、倒れたわたしの目の前でたくさんの星がキラキラ舞った。

わたしは父に廊下を引き摺りまわされ、散々に打ちすえられた。父の怒声と暴力の中をわたしは泣き叫び、廊下を逃げ惑うた。

突然の騒動に驚いて、女たちが慌てて駆け寄ってきた。

「このど阿呆め！　糞《くそ》を弄《いら》いよった！」

父の怒りがわたしを殴り殺しかねない勢いだったので、母が覆いかぶさるようにしてわたしを護った。

「わしが言うて聞かすからッ！　きっとわしが言うて聞かすからッ！」

祖母が間に入って父を制した。

「ごめんなさい。ごめんなさい……」

わたしは雲古まみれの手で母にしがみついた。

息を荒げて怒る父を祖母が宥めて連れ去った。

地獄の狂乱からようやく救われたと思ったのもつかの間、突然母が狂った。「この汚い手！」と叫んで、わたしの右手の甲を強烈につねったのだ。

わたしは再び火が付いたように泣き叫んだ。母は自らも涙を流しながらわたしの裸のお尻をピシピシ叩いた。

「この手かッ！　この手かッ！　雲古を触る汚い手はッ！」

いつもならわたしを庇ってくれるはずの祖母さえも、こう叫びながら母が押さえるわたしの右手の甲に線香で灸を据えた。

天にも届かんばかりに悲鳴をあげた。熱さよりも、痛さよりも、脅し文句であったはずの灸を本当に据えられたのが衝撃だったのだ。

お仕置きのために閉じ込められた便所の中で、わたしは野良猫のように哀れに泣き叫んだ。

わたしは便所がとても怖かった。汲み取り式の便所の、ぱっくり口を開けた便器の下の暗闇が怖かった。そこには魔物が住んで蠢いているように思えた。便器を覗くと、まるで自分がその中に引き込まれてしまいそうな恐怖を覚えた。

わたしは便器の中の魔物に怯え、両親だけでなく祖母にまで叱られたのが悲しく、灸の痕《あと》は痛み、泣き叫ぶ力も失った。涙が止まらなかった。雲古にまみれた手で涙を拭うために、わたしの顔は糞まみれになってしまった。

わたしは雲古を触っていたのではなかった。雲古の中のビー玉を探していたのだ。

初めはわたしがビー玉を持っているのを見つけて父が怒り狂ったのかと思っていた。だからわたしはビー玉を持っていたことを謝り、二度と持たないと訴えながら父の鉄拳から逃れようともがいた。しかし、父の怒りは増幅し、わたしは廊下を引きずり回され、さらに殴られ引き倒された。わたしは父の鉄拳を止めようとする母の懐に逃げ込んだ。

ところが父はまるで母をも同罪のように打擲し始めた。父が母を罵る言葉を聞いて、わたしは改めて父の怒りの原因を知った。

父はわたしが禁じられたビー玉を持っていたことに怒っていたのではなかった。父はわたしが汚い雲古を弄《いじく》りまわしていたことに怒っていたのだった。

汚《きたな》らしい奴と、汚《けが》らわしい奴と、父はわたしに罵声を浴びせた。そして、そんな子供に育てたと言って、さらに母を殴った。

父はわたしを軽蔑した。否、わたしを己が息子と認めなくなった、認めたくはなかったのではないか。わたしが成長してからの父との確執を思うたびに、すべてがこの事件に由来すると思われた。

父は生涯わたしを赦さなかった。

ハチの話に戻ろう。

昼間ハチは裏庭の小屋で鎖に繋がれて寝そべっていた。時々犬小屋の横に意味のわからぬ穴を掘った。

夜になると店番のため、ハチは鎖を外されて家の中に入れられた。ハチは店と倉庫の通路を一通り偵察するように行き来すると、自分のねぐらと決めているところで丸くなって眠った。

ある夜、家に泥棒が来て、倉庫の窓から毒入りの肉をハチに与えようとしたらしい。しかし、ハチは足元に投げられた肉を口にすることなく、また吠えることもなく、唸り声をあげて泥棒を追い払ったらしいのだ。

というのは、同じ夜、同じ手口で近所の衣料品店に泥棒が入ったらしい。何々を盗られたらしい、金はいくらいくらやられたらしいと、大人たちが賑やかに言い合っていた。そこの番犬はあえなく毒殺されていたという。わが家にも警察が来て、父から話を聞いたあと、その毒入りの肉を持ち帰った。

祖母はその夜のハチの武勇伝を近所の八百屋や魚屋で盛んに喧伝した。

「泥棒がなあ、窓から毒入りの肉を放ったけど、ハチは見向きもせず泥棒に唸り声を上げたんや。吠えたんと違う、唸って泥棒を追い払ったんや。たいした奴や」

祖母はまるでその場で見ていたかのように自ら脚色し、みんなに吹聴した。

ハチは英雄になり、近所の犬たちを支配した。子分もたくさんできて散歩の道すがらあちこちの犬がハチに挨拶をした。学校帰りに八百屋の裏庭で、鎖で繋がれた犬にのしかかって懲らしめていた。「ハチ！」と声をかけたが、わたしの方を振り向いただけで襲い続けた。余程のことがあったのだろう。ハチにはハチの事情があるのだ、と納得して家に帰った。魚屋の件があったので、このことは祖母には黙っていた。

そんなハチは、冬の朝、倉庫の隅で身を隠すようにして死んでいた。

祖母は「ハチが死んだ」「ハチが死んでしもうた」と近所に言いまわった。その姿はいつもの祖母とは違って声がかすれていた。

祖母は裏庭の板塀の隅に、住み込みの店員に穴を掘らせた。

「キーやん、すまんけど、もうちょっと深こう掘ってか！」

祖母は四肢を伸ばして横たわったハチを抱えて、穴に放り込んだ。ハチはすでに硬直していて、黒い土の中で物体になっていた。キーやんが慌てて土をその上にかけ、埋め戻した。最後は祖母がスコップを手にして土塚にした。祖母は涙を流していた。

すべてが終わると、祖母はしゃがみこんで蝋燭と線香を立て、数珠を手にして経を読んだ。ナンマンダブ、ナンマンダブ……。仏壇の前でするように、わたしも祖母の隣で両手を合わせた。


ハチが亡くなってからしばらくして、祖母が知り合いから仔犬をもらってきた。スピッツ系の雑種であったが、真っ白な毛並みにちなんでシロと名づけられた。

シロは裏の勝手口の土間で木の箱に入れられていた。ところが夜中にくんくん泣いて祖母を弱らせ、外に出された。

わたしはぬいぐるみのような可愛いシロを抱いて遊び、家の中で畳の上に放して祖母に叱られた。

「犬は外で飼うもんじゃ！」

いつも家に出入りしている清爺がシロの犬小屋を作った。それがとても大きすぎるように思えたけれど、シロはすぐに大きくなった。

小さい頃はスピッツの面影があって可愛かったのだが、大きくなると白い毛にやや茶色が混ざり、毛並みも体躯も明らかな雑種犬になり果てた。

シロは散歩のとき以外は鎖につながれて犬小屋で過ごした。そして夜も、ハチのように家の中に入れてもらって店番をさせられたのではなく、犬小屋に入れられたままだった。というのも、当初シロもハチと同じく店番として家の中へ入れられたのだが、シロはオシッコを我慢できず、倉庫の中で漏らしてしまったのだ。

あくる朝、シロは祖母に鎖の端で散々に叩かれた。

「この締まりのないオメコが！」

祖母はそう叫びながらシロを打ちすえた。キャンキャン泣きながら祖母を見つめるシロの眼には、なぜ叩かれているのかわからない戸惑いがあった。

学校から帰って犬小屋へ行くと、シロはわたしの前でごろりと仰向けに寝転がって、腹を撫でるよう催促した。ピンク色の腹をさすってやると、シロは幸せそうに目をつむった。

小学四年になると七月に水泳の授業があって、近くの海岸へ列を組んで歩いて行った。

授業といっても先生が泳ぎ方を教えて、それを練習するのではなく、生徒は水をかけ合ったり、潜り合いをしたりして遊ぶだけだった。生徒の泳ぐ能力は、先生の指導によるものではなく、生徒の資質と努力に委ねられた。運動神経のいい奴は、ちょっと教えてもらうだけで、見よう見まねで泳げてしまうのだからたいしたものだ。困るのはわたしのようにどうしても泳げない人間だ。金づちどころかバールじゃないかと嗤われる。金づちはまだ木の柄が浮こうとするらしいが、バールは全体が鉄なのでいかようにしても底に沈んでしまうのだ。

日曜日に隣りのノボルさんに誘われて海へ泳ぎに行った。ノボルさんは中学一年生で、わたしに泳ぎを教えようという使命感があったのだと思う。

わたしはシロも一緒に連れて行った。犬は泳ぎを教えなくても犬掻きで上手に泳ぐのだ、とノボルさんが言った。

わたしは海の中でシロと一緒に泳ぐのを想像して嬉しくなった。

ところが海岸に近づくとシロの様子がおかしい。帰ろうとするのだ。それを無理やり引き摺るように浜辺まで連れて行った。しかし、シロを海へ入れようとしても脚を踏ん張って動かない。ついに二人でシロを抱えて岩場へ行き、そこから海の中へ放り投げた。ところが大変、シロは泳げなかったのだ。犬掻きどころか、溺れてキャンキャン泣き叫んでいる。ノボルさんが慌てて海に入ってシロを助けた。

犬が溺れたなんて聞いたことがない。わたしたちは嗤い合ったけれど、シロにしてみれば死ぬほどの思いだったのだろう。逃げるように鎖を引き摺って帰ってしまった。

これにはよほど懲りたのか、わたしが泳ぎに行くとき一緒に連れ出しても、潮の匂いがするところまで来ると、シロは頑強に脚を踏ん張って抵抗し、一歩も動かず、家へ帰ろうとした。わたしが根負けして鎖を外すと、シロは力いっぱい走って帰った。

その頃夕方にシロを散歩させるのがわたしの日課になっていた。シロの散歩コースは、ハチが歩いたコースとほぼ同じだった。仔犬のときからそのコースをわたしは歩いた。ただハチとは違って、魚屋の大将の振舞いはなかった。

散歩のコースにマッチ工場の角地に広場がある。学校から帰ると誰彼なしにそこに集まって、人数が揃うとそこで三角ベースの野球をした。そこへあちこちから犬を散歩に連れてきて、草むらで雲古をさせるので、野球をするとき注意しないと、草むらの中のボールをひょいと掴んだら雲古も一緒に掴んでいたり、また知らず知らずのうちに雲古を靴で踏んづけていたりした。

わたしは学校の帰りに木苺の実がなっている家を見つけたので、アキラとそれを盗み食いに行く相談をしようと思って待っていた。

ところがその日、アキラは飼い犬のテツに引っ張られながら広場へ駈け込んできた。テツはハアハアいいながらシロに向かって一直線に走ってきた。

わたしは木苺で頭がいっぱいだったので、この二匹の行動をしっかり見ていなかった。

以下の話はアキラから聞いた受け売りである。

シロとテツは互いにお尻を嗅ぎ合っていたが、シロは尻尾を横へやったというのだ。

アキラいわく、いつもならこの場合シロは尻尾を両脚の間に挟むように降ろしていたらしい。なかなか観察が鋭いではないか。学校の成績はわたしより悪い癖に……。

シロが尻尾を横にやると、テツは長い舌でシロのお尻を舐めたらしいのだ。シロはテツのこのいやらしい行為を許したのだ。そして、すかさずテツはシロの後ろから馬乗りになった。わたしはここで初めて異変に気づき、「アキラ！　テツを離せ！　テツを引っ張れ！」と叫び、シロの鎖を引いたのだった。しかし、われわれ小学生が二人がかりで引っ張ったところで離れるような行為ではなかった。アキラが力強く引いたので、テツは向きを変えて、二匹は尻と尻がくっついたまま互いに反対の方を向いた。シロはわたしの方を向き、テツはアキラの方を向いていた。

「アキラ！　もっと引っ張れ！」

アキラが引くと、テツは前に歩き始め、シロは引き摺られてわたしの前から後ずさりした。いくら引張りあっても二匹の尻はくっついたままだった。わたしたちは諦めて、この二匹が自然と離れるのを待った。

「水をかけるんじゃ」と、のちに清爺がこの話を聞いて教えてくれた。

シロはその行為の最中も恨めしそうな目でわたしを見た。頭を撫でてやると、シロはわたしの手を舐めた。

このことを祖母に話すと、「シロの奴、盛《さか》りが憑いたんじゃ」とまたわけのわからないことを言った。そして、それからおよそ二か月後、シロは仔犬を産んだ。この「盛り」と「出産」の因果関係を理解できるようになるには、わたしにはいましばらくの歳月が必要だった。

　ある朝、わたしは祖母の大きな声で起こされた。シロが子供を産んでいるというのだ。わたしはその声に跳び起きて、パジャマのまま裏庭へ駆けて行った。

　シロは犬小屋の前で横たわっていた。腹で大きな息をしている。シロの胸のところには仔犬が二匹いた。シロはその二匹を長い舌で愛しそうに舐めていた。

「まだまだ出てくるぞ。五匹は産みそうじゃ」

　祖母はしゃがんだわたしの後ろで独り言のように言った。祖母も緊張しているらしく、入れ歯をガチガチと鳴らしていた。

　シロが丸くうずくまった姿勢から首をのけぞらせた。シロの様子がおかしい。

「陣痛じゃ。また産まれるぞ」

　シロは立ち上がった。すると、シロのお尻から濃いねずみ色の光沢のあるぬめぬめした袋のようなものが出てきた。少し血がついている。シロがその袋を噛み破ると、中から薄茶色の仔犬が現れた。

「テツの子じゃ」と、祖母が言った。

「どうしてわかるの？」

「シロがテツと盛ったからじゃ」

　シロはぬめぬめした袋を食べてしまった。そして、仔犬を舐め始めた。仔犬はキュルキュルと小さな声で泣いている。眼を閉じたまま腹這って乳房を求めていた。

シロは祖母が言ったとおり、可愛い仔犬を五匹産んだ。二匹が雄で、あとの三匹が雌だった。五匹の仔犬は眼を閉じたままシロの乳首に群がった。日ごろ落ち着きのないシロも、この時ばかりは母親らしく犬小屋の中でどっしりと横たわっていた。乳を飲み終えると仔犬たちはすやすやと眠った。

わたしが近づくと、シロは小屋から出てきてわたしにじゃれついた。わたしが抱きかかえるとシロはわたしの顔を舐めた。シロを寝転がせて腹を擦ってやると、シロは気持ちよさそうに腹を上に向けて両脚を開いた。わたしの前には、シロが仔犬たちを産みだした不思議な割れ目があった。わたしはその割れ目を指でなぞり、その中に人差し指を入れてみた。シロは突然跳ね起きて、わたしに向かって低く唸った。

それから一月ほどの間に祖母は仔犬たちをあちこちの人にあげてしまった。

仔犬がいなくなっても、シロは別にそれを苦にするふうでもなく、わたしとじゃれ合って、くんずほぐれつしながら地面を転げまわって遊んだのだった。

シロとの別れは突然にやってきた。

その日、父がタカアキ叔父さんの家へ洗濯機を運ぶというので、わたしはシロを連れて軽四トラックの荷台に乗り込んだ。助手席にはキーやんが乗った。

トラックが走り出すと、シロは荷台の上で怯《おび》え、何度も跳び下りそうになった。その都度わたしは必死で鎖を握り、シロの身体を抱えるようにして押さえた。シロの身体が震えているのがわかった。

トラックが停車して、わたしたちが荷台から降りた途端に、シロはわたしの制止を振り切って、鎖を引き摺ったまま来た道を戻って行った。わたしは大声でシロの名前を叫んで追いかけたが、シロはどんどん駆けて行った。

「先に家に帰っているかもしれない。きっとそうだ」

わたしたちのこの楽観的な期待は軽く裏切られ、一日、二日、三日と待てどもシロは帰って来ず、そのまま行方知れずになってしまったのだった。

「ハチならすぐに帰って来たろうに……、シロはちょっと抜けていたからなあ……」

祖母はわたしを慰めるように言った。

「ハチより劣る飼い主に似ただけや」

父はわたしをあざけるように言った。


五年生の秋、同じクラスのケンタの家で仔犬が産まれたと聞いたので、学校の帰りに見せてもらいに行った。

ケンタの家は学校からわたしの家とは反対方向の山裾にあった。畑の中の道を通って垣根から裏庭に入ると、三匹の仔犬が柵の中で組んず解れつして遊んでいた。シェパードが少しかかっているという。六匹産まれて、三匹はすでに貰われていったらしい。オス一匹とメス二匹が残っていた。ジョンとペスとマリーだとケンタは言った。

仰向けに転がった犬に別の犬が前脚で乗りあがり、もう一匹が真似をして前脚を伸ばしたところへ転んでいた犬が立ち上がったので、二匹の犬が共に転んでしまい、立ちあがった犬がその二匹の上に乗った。

わたしはオスが欲しいと言った。ケンタは下敷きになった犬を取り上げて、これがジョンだ、と言って差し出した。毛は濃茶色で、脚先と胸と頬に白が混じり、口吻が黒い犬だった。

「ばあちゃんに飼ってもいいかたずねてくる」

そう言ってわたしは仔犬をケンタに返した。

「もう生き物の世話をしたくないから駄目だ」と祖母は言った。

「いや、ぼくが世話をする」と言い切って、わたしは仔犬をもらってきた。

わたしはその犬をクマと名づけた。当時の愛読書「少年」に連載されていた関谷ひさしの『愛犬クマ』からそのままいただいた名前だ。

クマは大きくなって、漫画のクマと同じように様々事件をわたしといっしょに解決するはずだった。例えば黒猫を手先に使った宝石泥棒との立ち回りを想像して、わたしの夢は大きく膨らんだ。

「こいつ、泥棒顔やなあ……。おバアは飼《こ》うてもええ、言うたんか?」

清爺が仔犬の陰部を確認しながら言った。

「おバアは関係ない。わい（オレ）が飼うんや」

わたしは清爺に犬小屋を作ってくれと頼んだ。清爺は近所で板切れを集めてきて犬小屋を作った。祖母から湯呑に清酒を入れてもらってご機嫌で鋸を引いた。

最初の頃こそ食事の残りをやったり、わざわざ牛乳を買ってきて飲ませたりしていたけれど、超絶的な寝坊助で根気のないわたしは、思いついたとき以外はクマに関心を寄せなくなって、結局祖母が世話をしたのだった。

わたしは気まぐれで、自分の都合でクマを散歩に連れ出した。

「言うことを聞かへんかったら、チビを捨ててしまうで！」

祖母はこの言葉を度々口にした。

ところで、祖母はクマのことをチビと呼ぶ。クマという名前だと教えても、「犬が熊やなんて、おかしいやないか」と言って相手にしない。

「こいつはチビらしいから、チビと呼ぶんや。犬の名前なんてそういうものや」

わたしは漫画雑誌「少年」を取り出して、『愛犬クマ』のページを指し示し、クマという名は全国的に有名な由緒正しい名前であると祖母に教えた。

「アホらしい」

祖母はわたしの意見にまったく耳を貸さず、クマをチビと呼び続けた。頑固な年寄りだ。

学校へ行ってもこの犬の名前についてはややこしかった。

ケンタがクマのことをジョンと呼ぶのだ。

「おい、ジョンは元気か？」

朝、教室でケンタはこう挨拶するのだ。

「君んちでジョンと呼ばれていた犬は、わが家に引き取られて今はクマと呼ばれているんだ」

ケンタに何度教えても、ケンタはクマという名が憶えられず、毎朝ジョンと呼ぶのだった。まったくもってアタマの悪い野郎だった。

そもそもジョンという名は中学生の姉がつけた名前らしい。アメリカかぶれの変な女だ。アメリカへ行くと言って、英語の歌ばかり歌っているらしい。ジョンとペスとマリー。先に引き取られたのはジミーとマイケルとナタリーだという。そして親の名前がエルザ。冷や飯に残りの味噌汁をかけて食べさせ、何がエルザじゃ。何がマイケルじゃ。ちゃんちゃらおかしい。

一匹の犬を、わたしがクマと呼び、祖母はチビと呼び、ケンタはジョンと呼ぶ。三人が相手の意見を受け入れず、同じ犬をそれぞれ勝手に呼び合った。おかげでわたしは一匹の犬の話をするのに、頭の中で名前を変換しながら会話をしなければならなくなった。ジョン＝クマ。クマ＝チビ。チビ＝ジョン？

犬の成長は早い。わたしが六年生になって、一キロ遠泳の検定試験を受ける頃にはクマはわたしとほぼ同世代になっていた。

わたしは学校から帰ると毎日クマを連れて海へ行った。わたしが裏庭に出ると、クマは犬小屋から出てきて前肢を揃えて伸びをする。嬉しそうな顔だ。杭から鎖を外すのが待ちきれなくてグイグイ引っ張る。

自転車に乗って走ると、クマは勇んで鎖を持った左手を引っ張り、引き倒されそうになる。早く海へ行って遊びたい。

クマはシロとは大違いだった。初めて海へ連れて行ったとき、海の中からクマを呼んだら、自ら海に入ってわたしのところへやってきた。犬掻きで泳ぎながらわたしの顔を舐めた。そして、わたしが泳いでいるあいだフナ虫があふれる磯辺で蟹を追って遊んでいた。

小さな川の河口がエビス台と呼ばれ、両側に突堤があってその間が五十メートルくらいある。わたしたちは何度もそこを往復した。わたしたちというのは、そこへ行けば必ず同級生がいたからだ。中学生も泳いでいた。わたしたちは突堤の間を何往復できるか競い合った。

もともとエビス台は遊泳禁止区域だった。過去に何人もの子供がここで溺れ死んだ。しかし、泳いではいけないと言われるだけで、禁止の看板があったわけでもなく、みんな気にせず泳いでいた。大人たちにも注意する人がいなかった。彼らもここで泳ぎの練習をしたからだ。

エビス台が怖いのは潮の干満のとき流れが速いからだった。満ち潮のときは上流に流されるからたいしたことはないが、引き潮のときは泳ぎが遅いと渡るあいだに沖に流されてしまうのだ。突堤の端の方の長い距離を渡っているときが危ない。でも潮目はわかっているので流される阿呆はいなかった。

秋になっても学校から帰るとわたしはクマを連れて海岸へ行った。クマはわたしの自転車の前を駆けて行く。わたしを引っ張らないようにスピードを心得ている。

河口にある住吉神社の玉垣に祖父の名前が刻まれていた。その傍に自転車を止め、クマの首輪から鎖を外してやった。

クマはわたしの前を走って行く。木造船を修理するドックを抜けると磯に出た。干からびた海苔の匂いがする。木片やビニール袋といっしょになぜか自転車のサドルが転がっていたりする。岩の間で木っ端を焼いた跡がある。砂地から岩場を伝って歩き、さらに大きな岩を越えると突然海が広がり、砂浜が伸びていた。岩場を伝って浜辺へ降りる。急な岩肌をどう伝って降りようか逡巡しているわたしを尻目に、クマは跳び撥ねるように降りてしまった。

誰もいない海。

砂浜を駆けるとクマも喜んでついてくる。

浜辺から防波堤へ歩いて行くとクマも後をついてきた。石を組んだ突堤が五十メートルほど海に向かって突き出ている。堤を歩いて行くと、フナ虫が足元をさざめくように退いて行く。

クマはときどき石のつなぎ目の隙間へ鼻を入れて何かを探っている。わたしと距離が離れると、走って追ってきた。

突堤の先端はコンクリートの四角い台になっていて、その縁に脚をぶらぶらさせるように座った。クマもわたしの隣に賢く座った。わたしはクマの横腹を抱えるようにして右手でさすりながら海を眺めた。前に小さな島があり、その向こうを貨物船が航行している。エンジン音が海全体に響いている。

　ぼんやりと海を眺めた。海は穏やかなときもあれば、風が強くて波がしらが白く泡立つときもある。穏やかな日は空気が淀んで海と空の境目が霞んでいた。風の強い日は遠く四国まで見通せるのだ。西の方の砂浜がせり出したところに地蔵堂があり、そのあたりの海は地蔵沖と呼ばれていた。中学生になると、この防波堤から地蔵沖まで泳いで行った。そこも遊泳禁止区域だったけど、だれも気にしないし、咎められもしない。泳ぎ切れば大人になった勲章のようなものだった。その地蔵沖の向こうに夕陽が沈んでいく。赤く膨れた夕陽が黒い雲の間から顔を覗かせ、雲を背景に様々な紋様を描いて沈んでゆく。そして、一番星が現れるまで眺めた。

　ある日、天啓のように夕陽の美しさに心を打たれた。昼間厳しく照り輝いていた太陽が、西の海に沈むころには熟んだように赤く膨れ、周囲の空を紅く染めながら海に沈んでいく。今まで何度も見たはずの景色なのに、その日初めて心を震わされる経験をした。それはまるでわたしの心の中から湧き出てきたような思いだった。

　太陽は毎度赤く熟れて海に沈むのではなかった。沈む夕陽の姿は様々で、雲のかたちも変化に富んで、毎日同じ姿ではない。時には素晴らしい夕焼けが大空をキャンバスにして描かれることがある。そんな見事な夕焼けを飽くことなく眺めていると、不思議な思いがこみ上げてきた。

　いつか、どこかで、見たことがある景色……。遠いむかし……、どこかで……、思い出せない……、わたしを呼ぶ声が聞こえる……

2　マルクスの場合

　そしてその頃、というのは四匹目の犬がわが家で飼われるようになった頃のことだが、わたしは大学を卒業して父が経営する電気店で仕事をしており、三年が経過していた。外回りの営業で、隣の市《まち》を担当エリアとして与えられ、販売予算を持ち、毎日得意先回りをしていた。また客を増やすために、新興住宅街で新規客獲得のために飛び込み訪問をした。

　元々わたしは営業に向いた人間ではない。入社当初に参加させられたセールスの講習会では恥ずかしながら劣等生だった。ロールプレイングでは客役の相手に「いらっしゃいませ」という言葉がどもってしまって言えなかった。講師はそれを面白がってわたしを何度も指名し、セールスの色々な芸を試みさせては嗤い者にした。

　わたしは営業の未熟者であったけれど、店には旧来の得意先があって、あいさつ回りをするだけで相応の売上げをすることができた。わが国の経済が上昇期で、時代もよかったのだ。

　仕事は営業・配達・工事の応援など、毎日変化があって面白かった。自らの人格を捨て、恥という概念を頭から消し去れば、まったく知らない初めての家を訪問しても臆することはなかった。ドアのすき間から優しく丁寧に話しながらも左足をドアの中に差し入れて、断る客がドアを閉められないようにした。客が不審そうに足元を見ると、わたしは笑みを浮かべて足を抜いた。研修時にはアンケートを取るための訪問さえ出来なかった男が、半年も経つと新規客を求めて飛び込み訪問をし、見知らぬ家で三十分間もペラペラ話す営業マンになっていたのだ。

セールスは断られたときから始まる。客の前で愛嬌を振りまいて媚びを売り、如才なく立ちまわって人気者になった。そして客が食事中、来客中、昼寝中であるとわかっていても臆することなく訪問し、夜討ち朝駆けを繰り返した。とにかく購入決定権がある人に会わなければ話にならない仕事なのだ。

朝礼が終わると配達する商品を車に積み込み、先輩たちが集う喫茶店へ直行した。そこでモーニングサービスのトーストやゆで卵を食べながら先輩たちに薫陶を受けた。営業成績は彼らに及ぶべくもなく、毎月の販売会議では末席に座った。

「マナブ君、今月は中華料理店の冷房設備の注文を取ったから、セールスせずに遊んでいてもええからな！　オレがマナブ君の給料を稼いでくるからな」

山本課長はみんなの前でこう言い放った。実際にこの一件の売上げはわたしの販売予算よりも多かった。会議を主催する父は眉間にしわを寄せ、わたしが申告した販売予算が少ないと言って声を荒げた。

この課長、嫌な奴だけどこと売上げに関しては伝説的な男であった。というのは、聞くところによると、彼は交通事故で足を骨折して、一か月余り入院したことがあった。普通は仕事を休んでしまう。ところが山本課長は入院中も売上げを落とさず、売上げ予算を達成したというのだ。彼は見舞いに来た上得意客たちに商品を売った。彼らは山本課長に同情して言われるままに買ったらしい。さらに病院で親しくなった入院患者や看護師たちにも商品を売り、毎日病院の公衆電話から事務所に電話をして、商品配達の手配を指示したらしいのだ。まさに営業の鬼。嫌な奴だがこれには脱帽、あっぱれと言わざるを得なかった。

わたしの売上げはみんなより少なかったけど、給料には売上の歩合給が含まれていたので、大会社に入った大学の友人たちよりも多かった。わたしはその金をオーディオ装置につぎ込み、レコード盤を買い漁り、毎夜嬉々として音楽を聴いた。そして、派手に遊ぶわたしの傍らで、酎ハイを飲みながら幼友達のヤスオ君が言った。

「オマエ、電気屋するんやったら、なんで大学へ行ったんや?」

ごもっともである。

ほんとうは電気屋などするつもりはなかった。しかし、これはまた別の話だ。

営業という仕事は気楽に見えるらしい。例えばチラシやパンフレットが入った紙袋を下げて軒並みに新規訪問をしてまわる。留守の家が多く、主婦が在宅していても軽くあしらわれて追い返される。相手をしてくれるのは暇な老人たちだ。彼らには購入決定権はないが、その家と取引する足掛かりにするために親しく話しかけた。庭木を手入れしている老人に訪問ノベルティのティッシュペーパーとチラシを渡し、愛想よく世間話や趣味の話をしながら家庭内の様子を探った。まずまずの家庭らしい。そして老人は言った。

「兄さんはこんなうだうだ話をしてまわるのが仕事かいな？　気楽なええ仕事やなあ」

嗚呼！　この爺さんに営業の悲哀を話してもわからない。

営業とはまったくもって賽の河原。毎日毎日売り続けても終わりがない。毎月の販売予算は達成容易な数字ではなかった。わたしたちは慇懃無礼に客に接し、時には泣きを入れ、時には強引に商品を押し付け、毎日の売上げを積み重ねていった。そして、月末の売上げ締め切り日には、泣いたり笑ったり踊ったりしてようやく予算を達成したのだった。しかし、あくる朔日からは再び売上げゼロから営業を始めねばならなかった。わたしたちは認識するしないは別にして、各々がシジフォスを演じていた。

わたしは老人に答えた。

「へえ、毎日こんな調子ですわ。歩き回るから痔に悪いけど……。またテレビを叩いても治らんようなら電話をくださいい、修理に来ます」

わたしは改めて名刺を渡した。テレビの調子が悪いらしい、見込み客である。

こうしてわたしは毎日客宅を訪問して、世間には様々な人々がいることを知った。公務員やサラリーマン、医者や大工の区分けでなく、貧しき人々、虐げられし人々、地下生活者、白痴、未成年、賭博者、主婦、永遠の夫、果ては悪霊からカラマーゾフの兄弟まで。わたしは彼らのあいだをホンダのステップ・バンに乗って走り回った。美人の奥様の元へ足繁く通い、その家の男衆《おとこし》となって換気扇の掃除や屋根の樋の清掃をした。また釣自慢の亭主に媚びて休日の早朝に船に乗せてもらい、鯵やアブラメ、ガシラやキスを釣った。阪神ファンの客のために、甲子園の内野席を手配したこともある。そして、贔屓の客をたくさん作り、セールスキャンペーンになると、彼らに泣き落とし戦術で販売したのだった。

「車に載せている商品をぜ〜んぶ販売して帰らないと、会社に帰ってから鬼のような社長に叱られるんです！」

わたしは自分が社長の息子であることを得意先には極力隠した。彼らはわたしが社長の息子であると知ると、「親父さんに言って、もっとまけてもらってくれ」とか、「あんたは将来の社長やないか。それくらいは自由になるやろ」とか言って、わたしに商品の値引きを強要したのだった。

「この前洗濯機の修理に来た兄ちゃんに聞いたけど、あんた、大学出なんやてなあ」

「へえ、恥ずかしながら……」

わたしは言葉を濁して自らを隠した。

仕事が終わると、わたしはまっすぐ家に帰った。母の賄いで夕食を済ませると、早々に自室に閉じこもり、文学と音楽の世界に身を浸した。

父は「社員の十倍は働く」と豪語して、出社はわたしよりも一時間以上早く、帰りはいつも深夜だった。たまに早く帰ってきて食事がいっしょになると、父は仕事の話に終始してわたしを辟易とさせた。会社ではわたしの上司としてキーやんこと木本営業部長や山本課長もいたので、社内で直接父と仕事の話をすることはなかった。遠くから姿を見るだけで、日常父と話をすることはなく、父の意見はほとんど家に帰ってから母を通じて聞いていた。

わたしは会社でも家でも父を避けていた。

二十四時間仕事人間の父に反して、わたしは家ではスイッチを切ったように仕事とは無縁の生活をした。

毎晩飽きることなくバッハを聴いた。わたしはバッハを聴くために、スカイライン２０００ＧＴを諦めた。裕子と遊びに出かけるときは会社のライトバンを利用した。彼女は本店事務所で経理をしている社員で、仕事も遊びも同じ車だと助手席でぼやいた。わたしが学生時代の夏休みにアルバイトをしていたとき、彼女は支店で店番と事務をしていた。配達伝票を書いているわたしの後ろから、彼女は覗くようにして小さな胸の膨らみをＴシャツ越しに押し付けてきた。わたしは瞬間湯沸かし器のように欲情し、振り返って彼女を抱いた。

わたしは彼女が一人で店番をしているときを見計らって支店へ行き、二階の商品倉庫で彼女を抱いた。

そのときからの腐れ縁だった。

ある日、裕子はドレッサーの鏡越しに言った。

「あたし、マナブ君と結婚する気はないからね」

彼女はまつ毛を整えていた。

「へえ〜、じゃ、どうして誘ったらついて来るの？」

ベッドでわたしは煙草の煙を吐き出しながら言った。

「マナブ君が誤解してたらいけないと思って言ってるの。あたし、オクサンが姑になるなんて、最悪！」

母の評判は悪かった。母は社員や、また仕入先の営業担当たちに遠慮のないきつい物言いをするので嫌われていた。お客さんからも、「おたくのオクサン、エラそうに物言う人や、修理を頼んだこっちが悪者みたいや」と言われたこともある。「オクサンも、根は悪い人じゃないんだけど……」とわたしは口を濁して息子であることを隠した。母は「社長は怖い人だから」よく言うことを聞くように、と社員には言い聞かせながら、父が社員に仕事の不始末を言い聞かせているときに、横から「あんたも偉そうなこと言われへん」と奥向きの話を持ち出して、自分を棚に上げて訓示する社長＝父を引き摺り降ろした。父は家を新築し、店と家を分けてから母は専業主婦となり、店へ出なくなった。

裕子の意見にわたしは納得した。もちろんわたしも裕子と結婚する気はなかったが、母のことを考えると嫁選びはたいへんだと思っていた。

さて、わたしは稼いだ金を惜しみなくオーディオ装置とレコードのコレクションに注ぎこんだ。マランツやマッキントッシュのアンプを揃え、タンノイのスピーカーをクレジットで購入した。新しく買ったオルトフォンのカートリッジの音に一喜一憂し、メンゲルベルクが指揮する『マタイ受難曲』のレコードが手に入ったと言って狂喜した。

ウィスキーを飲みながらバッハを聴き続け、聴いた時間はサントリー・オールドの空瓶となって換算された。部屋の棚に並べられた夥《おびただ》しいオールドの空瓶を見て、友人たちは驚嘆した。

「これ、ぜ〜んぶおまえが飲んだのか?」

わたしはにこにこしながらうなずいた。

わたしは二十三歳のときバッハを聴いて、その崇高な精神に触れた。以後、胡堂野村あらえびすを真似るわけではないが、モーツァルトも、ベートーヴェンも、ブラームスもいらないと思った。

「もう五年はやくバッハを聴いていたら、ぼくの人生は変わっていたと思う」

誰彼なしにそう言って、わたしはバッハに入れ込んでいた。

今から思い返せばずいぶん恥ずかしいことを吹聴しまわっていたわけだ。思い返せば顔から火が出る思いがする。

後年、そんなわたしを窘《たしな》めてくれたのが茶道研究家野村瑞典先生だった。ひょんなことからわたしは野村師のお茶の弟子でなく、お酒の弟子になった。当時先生は茶道指導から身を引かれ、石州流茶道の研究をなされていた。

わたしは先生の家でも男衆《おとこし》のように雑用の仕事を奉仕し、夜は全国の日本酒の利き酒をさせてもらい、その講釈を賜った。宿題に珍しい酒をいただいて帰り、時々レポート代わりにあちこちの地酒をお届けした。

そんなある日、わたしは意気込んで師の前で「もう五年はやく……」とやってしまったのだった。師は即座に否定した。

「そら、違うわ。わしは音楽のことは皆目分からんけど、おまはんが十八のときにそのバッハとかいうのを聴いていても、おまはんはバッハが分からへんかったんやと思う。二十三歳やったから分かったんや。分かる分からんは、人間の練りや。日々修練して、おのれを磨いて、はじめて分かるようになるんや」

そう言って、師は会津の酒「開当男山」をわたしのぐい呑みに注いだ。

わたしは十八歳のときモーツァルトをこよなく愛して聴いていたけれど、もちろんバッハも聴いていたはずだ。毎日聴いていたNHK―FMがバッハの音楽を放送しなかったわけがない。だけどバッハに心を動かされることはなかった。バッハの音楽の前を素通りしていたのだ。五年間の間にバッハの音楽が変わったのではない。変わったのはわたしの方だった。バッハ、バッハと囀りまわって、まったく若気の至りであったとしかいいようがない。

犬の話の前置きがずいぶん長くなってしまったけれど、当時のわたしはこんな生活をしていたのだった。

そしてその日、わたしは夕食を済ませたあと、ダイニングでテレビの野球中継を観ていた。

珍しくジャイアンツが勝っていたのだ。

すると表のほうで自動車が止まる音がした。

父が帰ってきた。

いつもより早い。

流しに立っていた母は慌てて玄関のほうへ迎えに出た。

わたしはテレビの電源を切って立ち上がった。

ところが階段を昇ろうとしたとき、犬の鳴き声が聞こえた。

わたしは不審に思って玄関の方へ行った。

珍しく父を出迎える恰好になった。

「それッ、家へ入れ！」

父は玄関先で小さな犬を鞄で追ってけしかけていた。

犬はポーチを駆け回って玄関に入り、ホールに上がって母に追い返されて戻ってきた。

父はその犬を拾ってきたと言った。

帰り道、道路の真ん中にいて自動車に轢《ひ》かれそうだったので、車を停めて口笛を吹いて呼んでやると、喜んで近づいてきたらしい。

「捨て犬だろうか？」

「いや、首輪をつけているからどこかで飼われていた犬だろう。それよりこいつに何か食わしてやってくれ」

父は母に鞄を渡しながら言った。

その犬は体長六十センチほどの大きさで、毛は短く薄茶色。頭が大きく、口吻はつまって短い。黒い耳は垂れ、目はギョロリと大きく、顔面は黒いマスクを被ったみたいだった。ひたいにしわを寄せ、なかなか厳しい面構えだ。そのくせ胴体の割に四肢は細く、華奢《きゃしゃ》だった。可愛らしいというよりも、むしろ滑稽さのほうが勝っていた。

母がウインナー・ソーセージと牛乳を持ってきた。

ソーセージを千切って放ると、犬はがつがつ食べた。

無くなると物欲しそうに尻尾を振りながらわたしの手を舐めた。

牛乳をボールに入れてやるとすぐに飲んでしまい、ボールの中や縁を舐めまわした。

物足りなさそうにわたしを見ながら吻のまわりを舐めている。

「マナブ、何か段ボール箱でも探してやれ。母さん、古いバスタオルを出してやってくれ」

父はそう言って家の中へ入ってしまった。

わたしはしばらくポーチでその犬と遊んだ。

前肢を持って仰向けに転ばせると、勢いよく回転して起き上がった。

庭のほうへ身体を向けて、尻を叩いてやると、喜んで玄関と庭の間を駆け回った。調子に乗って玄関から廊下に駆け上がって行き、奥から母に叱られて逃げ帰ってきた。

そして、何とか言ってくれといわんばかりに、短い尻尾を振りながらわたしに向かって「ワン！」と吠えた。

わたしは玄関に掛けてあった鏡を外し、それを身体の後ろに隠し持ってテラスのところから口笛を吹いた。

犬は喜んでわたしのもとへ駆けてきた。

わたしが隠し持った鏡を前に差し出すと、犬は鏡に映る自分の姿に驚いたのか、慌てて止まろうと、前肢を揃えて踏ん張った。ところがコンクリートに滑り、すてんと転んで「キュン！」と鳴いた。

すぐに起き上がり、鏡に映ったじぶんに向かって勢いよく吠え始めた。

鏡に近づいては跳び退き、また近づいては跳び退きして吠えた。

その独り芝居にわたしは涙を流して笑い転げた。

犬は鏡の後ろを覗いて嗅ぎまわり、やがて不思議そうな顔をしてわたしに向かって「ワン！」と吠えた。

食事を終えた父が再び庭へ出てきた。

父はしばらく犬とじゃれあっていたが、突然尻尾をもって立ち上がった。

犬は逆さまになったまま宙で身をくねらせて逃れようともがいた。

「こいつは小さいが、たいした奴だ。キャンとも言わない」

父は誇らしげに言った。

わたしはこの犬に名前をつけることを提案した。

わたしは名前を付けることが欺瞞的な行為であるという日頃の主張を忘れ、そのとき父に迎合しようとしたのだった。

かつてわたしは自分の意見を父に提案することはけっしてなかった。父の前ではいつも寡黙で、陰鬱な人間だった。「なにを考えているのか、さっぱりわからぬ奴だ」と、父はわたしのことをだれかれなしに口癖のように言った。わたしは父からはいつもやりきれぬ憤懣と苦痛を味わっていたので、いつも父を畏れ、父の前から遁れることに専念した。そして、自分の部屋に、本の世界に、音楽の世界に閉じこもった。

ところがその日、その犬がわたしと父との関係を和ませたのだった。

父はゴンという名前にしようと上機嫌で言った。

「小さいけど、なかなか権太くれの面構えじゃないか」

「マルクスはどう？　マルクス・アウレリウス、通称マル」

ローマの哲人皇帝に因んだ名前だった。

わたしがこの名前を提案したのには、ちょいとしたわけがあった。というのは、大学時代の友人江島正啓の家で飼われていた犬がディオニュソスというギリシャ神話由来の名前だった。みんなからディオと呼ばれてかわいがられていた。わたしもディオのような魅力的な犬を飼いたいと秘かに願っていたのだ。

そのディオニュソスに対抗してのローマの賢帝マルクス・アウレリウスだったのだ。

「ダメだ」

父は言下に否定した。

「そんな共産党みたいな名前はダメだ」

父は明らかにカール・マルクスと混同していた。

さらに悪いことに、父はわたしがアカであると誤解していたのだ。断っておくが、実際は逆だった。

わたしは学生時代から左翼が大嫌いで、大学紛争の最中《さなか》、マルクスやレーニンにかぶれた阿呆どもに、君らが信奉するソビエトで君らのように反体制をのたまえば、シベリヤへ送られるのは間違いないと教えてやった。君らは所詮自由民主主義の手のひらの上の悟空に過ぎない、と。

阿呆どもはわたしを帝国主義の手先であると罵った。

頑迷なサヨクの闘争者たちよ！

だけど父の誤解にはわけがあった。

話しておこう。

入社して間もないころ、わたしは営業マンの人格改造を企むセミナーに参加させられた。

講師の商業指導家を名乗るコンサルタント氏はかつてわたしを嗤い者にしたセールス講師より

は少しましな人間だったけど、その薄っぺらな精神主義、鍍金《めっき》がかった人道主義の話には辟易させられた。

　彼は言った。

「諸君の置かれた環境は、可能性という名の広場を眼の前にした小さなジャングルでしかありません。君達が可能性を信じて苦しみの一つ一つを蹴飛ばしたり、ねじり倒したり、前進するならば、君達の報われる日は、必ず来るのです」

　まるで寝言だ。

　そして、わたしたちは声高らかに朗唱させられた。

この町にわが店ありて
　この店にわれありて
　　ゆえに客たのし

講習の最後は全員輪になって肩を組み、『銀色の道』を合唱した。

まるで新興宗教に洗脳されているような雰囲気だった。

この会合のとき、わたしは迂闊《うかつ》にも小説を書いていることを口走ってしまったのだった。テーマから外れた話題だったので、そのときはだれもわたしに小説のことを訊ねる者はいなかった。

ところがその日の夕食のとき、わたしの前に座っていたコンサルタント氏は、興味深そうにテーブル越しに訊ねてきたのだ。

「どんな小説を書いているのかね、きみ」

「いえ、前衛小説ですので、とてもお話できるようなものではありません」

わたしはどぎまぎしながら答えた。

彼は推理小説や時代小説、またＳＦ小説とかを期待していたらしいのだが、わたしの書くものはあらすじや主人公のキャラクターに頼らない、内容よりも形式に腐心する、現代文学の極北をめざす小説だった。コンサルタント氏に高邁な文学の話をするのは不遜に思えたので、詳しく話さなかった。

その場はそれだけで収まった。

ところが、そのあとでトンデモない頓珍漢な事態が発生した。

数ヵ月後にわたしの上司の山本課長が同じコンサルタント氏の別のセミナーを受講した。

その挨拶のとき、先生は課長にこう訊ねたらしいのだ。

「おたくの会社の後継者はまだ共産党みたいなことを言っていますか？」

嗚呼！　この浅はかなコンサルタント氏は、文学の前衛を階級闘争の前衛と誤解していたのだった。

レーモン・クノーもアラン・ロブ＝グリエも知らない。前衛と聞いただけで共産党だと思い込み、おのれに知らないことがあるという謙虚さもなく、全能のように教えをたれるコンサルタント氏。

わたしがもっとも嫌いなのは、何でも知っていると思い込んでいる奴らの傲慢さだった。

山本課長はこれに驚いて、まるで手柄を取ったように社長、即ち父に注進した。

もちろん社内でも話題になったらしい。

当時支店にいた裕子が教えてくれた。

わたしは説明するのもアホらしく、言い訳をしなかった。

それ以来、父はわたしをアカと認識してしまったのだった。

「いつまでも学生みたいなことを言うんじゃない。もっと大人になれ！」

父はテラスにある木製の白い椅子に座って言った。

また、始まった。

もううんざりだ。

「今朝も朝礼ぎりぎりに出社してきて、後ろで小さくなっていた。もう少し早く出社して、ワシの前で堂々と立っていろ！　いまだに学生気分が抜けていないから夜中にごそごそして、朝早く起きられないのだ。社長の息子だから社内で示しがつかん。従業員にきつく言えない。もっと社会人としての自覚をもってだな、ガミガミガミガミガミガミガミガミガミガミガミガミガミガミガミガミガミガミガミ……」

父はバイタリティあふれる人間で、早朝から深夜までよく働いた。わたしたち社員が出社するまでに日報や売上集計に目を通し、朝礼で訓示をおこなった。そして、わたしたちが仕入先との打ち合わせや得意先との商談を終えたあと、納品を急ぐ商品を倉庫へ取りに行くと、父はフォークリフトを乗り回し、配送のトラックに商品を運びながらあちこちの社員たちに指示していた。その周りを山本課長が嬉々として走り回っていたのだ。

山本課長は社長に合わせて出社時間も早く、父のお気に入りの社員だった。そしてあろうことか、父を迎えに来たとき、「坊ちゃんはまだお休みですか？　企業戦士は朝が勝負ですのにねえ」などと、喋々とぬかしたらしい。腰巾着めが！

ある朝わたしは突然父に耳を引っ張られて起こされた。息子を侮辱された父は無言でわたしの耳を引っ張って起すようになった。いつもは母の叫ぶような呼び声を遠くで聞きながら起きるのだった。それが泥のような眠りの中から、突然耳を掴まれて引きずり出されたのだ。何が起きたかわからなかった。この驚きは尋常ではなかった。これはもう人間としての扱いではない。まるで犬だ！　そして、この行為をされるたびに父への憎悪が深まった。

わたしはしゃがんだまま父のぐだぐだ話を聞いていた。そして、指先で犬の喉や下腹を撫でてやった。その犬は仰向けに寝転んで気持ちよさそうに目を閉じ、わたしの指が止まると、起き上がって右の前肢でわたしの手の甲を掻いて催促した。また、口元に手をもっていくと、わたしの指を舐めたり噛んだりしてじゃれついた。かなり可愛がられて育てられたらしい。

父はわたしが提案した犬の名前に頭ごなしに反対した。そして、仕事について、社会について、人生について滔々と喋り始めた。

眼鏡の奥で父の眼が光った。

「この前も戸田先生が言っていたぞ。おまえは斜に構えたところがある。他の店主と較べても醒めていて、情熱を感じられないというじゃないか。それは経営というものがまだおまえに身近なものでなく、また経験もなく、頭の中の出来事のように思っているからねち……」

父はわたしに人生を教え諭そうとしているのだろうが、その語り口はしつこく、また棘があり、茨の中にいる身を置いているようでとてもじゃないが聞いていられなかった。

「おまえには決断力がない！」

これが父の口癖だった。もう耳に胼胝《たこ》ができていた。

父はいつもわたしの人生に立ちはだかった。そして、父の思いどおりにわたしが振舞わないと、わたしを叱責し、また罵倒した。

「わたしが優柔不断に見えるのはあなたの立場を慮ってのことなのだ」

そう言い返してやりたかったが、それもできなかった。

わたしはいつも父の顔色を窺いながら行動する哀しい性を身につけてしまったのだった。

「自主性のかけらもない！」

父は吐き捨てるように言った。

「うるさい！」

オレはテラスのテーブルを親父に向かってひっくり返した。

親父は椅子から転げ落ち、目ン玉をひん剥いて驚いた。

毎度毎度偉そうにぬかして、何様じゃ！　オレのすることと成すことにいちいちいちいち文句を付けやがって！　たとえ親でも赦さんわ！　息子の前でドンチャン物をぶつけて夫婦喧嘩をしやがって！　恥を知れ！　オレにはオレの人生がある！　邪魔するな！

という訳にもいかず、わたしは父の前から黙って去った。そして、いつものように二階のわたしの部屋に閉じこもった。

父は独立不羈の人だった。歳が足りないのに志願して戦争に行き、終戦後に祖父が直腸癌でモルヒネ中毒になって残した借金を、ラジオの組立てから始めた電気店が成功して完済した。努力と忍耐と根性で生きてきた。それが誇りだった。「学のある奴は口先ばかりだ」と口癖のように言った。だからわたしが大学へ行くのも、まあ世間並に四年間遊ばせてやるくらいの考えで、行くなら商売の役に立つ経営学にしろと言った。

「金属物理学？　糞役にもたたん！」

父はそう言い切った。

部屋に入って座椅子に座ると、震える手で煙草に火をつけた。

二口ほど大きく吸ってから、テーブルの上のサントリー・オールドをコップに注ぎ、一口飲んだ。

氷を取りに階下に降りて、父と顔をあわせるのも忌々しい。

ウィスキーが食道を通り、臓腑に滲み渡っていくのがわかる。その感覚が消えると、再び煙草を吸う。

煙を吐くと、またウィスキーを口に含む。

アルコールとニコチンによって、わたしの神経は鎮められていった。

立ち上がって窓を開けると、空には満月に近い月が輝いていた。

硬く透明な空気のなかで、虫の音がリンリンと響いていた。

昼間の暑さとは裏腹に、夜には秋の気配が駆け足でやって来るのが感じられた。

道路沿いの防犯灯が規則正しい間隔で点灯している。

近所の家々の窓明かりも疎らになって、街並みは眠ろうとしていた。

わたしはレコードをかけるために雨戸を閉めた。

アンプ類のスイッチを入れた。

棚からモーツァルトの『レクイエム』を取りだした。カール・リヒターが振った演奏だ。

それをターンテーブルに載せて静かにアームを降ろした。

プリアンプの音量ツマミをゆっくりと回すと、「入祭文」のファゴットとバセット・ホルンの荘重な旋律が響き始めた。

つらいとき、哀しいとき、やりきれないとき、いつもこの『レクイエム』を聴いた。学生時代から、いったい何度聴いただろうか。死者のためでなく、「私《わたくし》」のためのミサ曲だった。

わたしは自らの生活のなかに音楽を取り入れてきた。学生時代、下宿部屋でコロンビアの小さなレコードプレヤーを抱えるようにしてモーツァルトの交響曲を聴いた。煙草銭にも事欠く生活をしながら、新しく買ったモーツァルトのホルン協奏曲のジャケットを抱えて安川の家に行き、応接間のセパレートステレオで聴かせてもらった。今は再生装置に凝って、彼を驚かせるような音質でレコードを聴いている。

ゆったりと座椅子に座り、肘掛けに頬杖をついて目を閉じる。

スピーカーから流れてくる音楽に身を浸し、「主よ永遠の安息を彼らに与えたまえ」という合唱に自らの安息を求める。

先ほどの父との諍《いさか》いが脳裏を離れない。

フランツ・カフカが『父への手紙』の中で行間にしたためたやるせなさに思いを馳せる。カフカを理解しなかったのは彼の父だけではなかった。彼がせっせと手紙を書き送った相手の女性たちも彼の天才を識らなかった。

Kyrie, eleison.　　　主よ、憐れみたまえ
Christe, eleison.　　キリストよ、憐れみたまえ

合唱の壮大な二重フーガが全身を包み込むように響きわたる。

解釈はいらない。

音楽に身を任せるだけでよい。

貧窮の底にあり、病魔に蝕まれながらモーツァルトはこの崇高な曲を遺した。弟子のジュスマイヤーの補筆など、この曲の偉大さの前では些細なことに過ぎない。

わたしはおのれのもつ業を何度もこの曲によって洗い流した。業を認識せずしてこの曲を聴いてはならない。そう自戒した。


その夜マルクスをどこで寝かすかが問題になった。

母は犬を家に上げるのに反対した。台所にインスタント・ラーメンやカップ麺を入れていたカゴがあったので、それにバスタオルを敷いて玄関の靴箱の前に置いた。

マルが寂しがらないように景品でもらったウサギのぬいぐるみを与えたところ、これがたいへん気に入って、耳を銜えて振り回して遊んだ。

片方の耳が千切れてしまっても放さず、カゴの中でいっしょに寝た。

あくる日、わたしは仕事中にペット・ショップへ寄っていろいろ尋ね、その犬がパグという犬種であると知った。

パグを飼う注意点をいろいろ教えてもらい、ドッグ・フードを買って帰った。

また、書店に寄って『子犬の育て方』という本を買って、知識を仕入れた。

驚いたことに仔犬だと思っていたマルクスはすでに成犬だった。

しかし、いくらわたしがいっさいの面倒をみると言ったところで、昼間は仕事をしている身であったので、その間は母にマルの面倒をみてもらわねばならなかった。

彼女は「嫌だ嫌だ」と言いながらも、マルに食事を与えたり、時々は散歩に連れ出してくれたりした。

昼間マルは独り庭で遊んだり、また昼寝をしたりしているらしいが、なかなかのやんちゃ坊主で、わたしは毎日のようにマルの悪戯を母から聞かされた。

やれ観葉植物の鉢をひっくり返して割ってしまった。

やれスリッパを銜えて行って隠してしまった。

次は籐の椅子の脚を噛んで傷つけた。

今度は洗濯物を銜えて取り返そうとする母と引っ張り合って破いてしまった。

母の苦情は限りがなかった。

その間にマルの犬舎は内玄関から洋間の掃きだし近くに移動し、家の中を我が物顔で歩くようになった。

やがては居間の籐の椅子を占領してしまい、庭を眺めながら昼間の大半をそこで過ごすようになった。

大きな目を半ば閉じてマルクス・アウレリウスは瞑想に耽った。

私の本性がなせと私にいま求めている行為を、私はなしているのである。（五・二十五）(注1)

そして、退屈すると洗濯カゴの中から靴下を銜えて母の前に現れた。

「また銜えている！　マル、放しなさい！」

母がこう叫ぶのをマルは計算ずくなのだ。

マルは母と靴下を引っ張り合って楽しんだ。

母に追いかけられれば最高の気分で家の中を駆け回った。

夕方になると、マルは母の足元を嗅ぎまわったのち、一声吠えて散歩の催促をするらしい。

マルクス・アウレリウスはこのようにしてわが家での地位を築いていったのだった。

神々からは、よき家族と親族、おおむねよき友人たちに恵まれたことを。（一・十七）

3　旅立ち

今朝方まで読んでいた小説の登場人物が頭の中をぐるぐるまわる。コロンビアの作家ガブリエル・ガルシア＝マルケスの『百年の孤独』。ホセ・アルカディオ・ブエンディアに始まる一族の名前が、夢の中をくぐりぬけて、目覚めた頭の中をめぐっている。ホセ・アルカディオ、アウレリャノ・ブエンディア大佐。アルカディオ、アウレリャノ・ホセ。ホセ・アルカディオ・セグンド、アウレリャノ・セグンドの双子。そしてアウレリャノ・バビロニア。まるで数学の順列・組合せのような名前だ。頭の中を同じような名前が次々にあらわれる。

南米コロンビアにこんなすごい小説家がいるなんて思いもよらなかった。行きつけの書店でたまたま手に取って見つけた本。帯には「まさしくあのホメーロスや、セルバンテスや、ラブレーが描いた〈巨大な人間劇場〉！」と書かれていた。

休日はもっと眠っていてもよいのだが、目が覚めるのは決まって十一時過ぎだった。薄明りの中を起き上がってステレオのスイッチを入れ、バロック音楽を部屋に流して煙草に火をつけた。

雨戸を開けると光が眩しい。太陽は中天にさしかかっている。二階の窓から家の前を往来する人々をしばらく眺めた。街へ遊びに出かけるのだろうか、おしゃれをした女性が弾んだ足取りで歩いて行った。斜め向かいの家の夫婦が車に乗って出かけて行った。

パジャマ姿のままキッチンへ降り、トーストが焼けるのを待つ間に珈琲の豆を挽き、ドリップする。冷蔵庫から母が作った野菜サラダを取り出して食べる。トーストにローズマリーの蜂蜜を垂らす。そして、珈琲を飲みながら新聞を読んだ。

興味があるのはスポーツ欄と読書欄。最下位のジャイアンツに心を痛め、書評欄を読んで本を物色した。

午後は音楽を流しながら本を読み、うたたねをして、陽が傾くころになってから本やレコード盤を漁《あさ》りに街へ出かけた。白水社から出ている「小説のシュルレアリスム」シリーズのアルフレッド・ジャリ『超男性』が発売されているかもしれない。わたしは恋人に逢いに行くように本屋へ通った。

そんな怠惰な生活から、マルクス・アウレリウスはわたしを健全な生活へと導いた。

わたしは彼とともに生活することによって、休日も普段と区別なく七時に起きることを余儀なくされた。そのために土曜日の夜ごとに行われる書物の国の徹夜祭《フィネガンズ・ウェイク》を自粛するようになり、零時過ぎには床に就いた。自然と酒量も少なくなった。

休日の朝日が覚めると、わたしは手早く服に着替え、洗面を済ませて庭に出た。

マルクスは待っていたかのように走り寄って来た。

散歩を焦って動き回る身体を押さえ、首輪にリードを付けた。

わたしはマルクスに先導されて門を出た。

私は、きょうも、お節介な人間や忘恩の徒に、傲慢な人間や欺瞞的な人間に、中傷家や非社交的な人間に出会うであろう。（二・一）

マルクスは勢いよくリードを引張りながら我が物顔で歩いて行った。

わたしはいつも出会う顔見知りの人々に挨拶しながら歩いた。

町の愛犬家たちとも親しくなり、マルクスが立ち止まって犬たちとお尻を嗅ぎ合って挨拶しているあいだ、わたしたちは当たり障りのない天候の挨拶を交わした。

人々は、内心軽蔑しあいながらも、外面ではたがいに阿諛追従の態度をとり、内心ではたがいに優越を競いながら、表向きはたがいに譲りあう。（十一・十四）

マルクスにも好みがあって、喜んで駆け寄るトイプードル、無視して通り過ぎるダックスフント。そして、吠えかかってくる愚犬ブルマンを成敗しようと挑むマルクスを、今はまだその時でないとわたしは諫め抱きかかえた。

マルクスは自らの使命を果たすため、わたしに立ち話も許さず、自らの版図を進んで行った。

そして、自らが定めた地点にのみ止まり、丁寧にマーキングをした。即ち、電柱、駅裏の駐車場の金網、金本さん宅の庭塀、「飛び出し注意！」と書かれた子供の人形の看板、酒店の前のアサヒビールの自販機（もしかすると、密かにキリンビールから特命を受けているのかもしれないのだ。わたしはいつも慌てて引き離すのだが、マルクスは毎日果敢に試みる）。そして喫茶店の駐車場の入口の鉄柵に掲げられた「この中でイヌに糞をさせるな！」と書かれた木札、これらにマルクスは傍若無人に小便を引っ掛けた。

以前ここの喫茶店のマスターに苦情を言われたことがあった。

マルクスが駐車場の生垣を嗅いでいるときだ。

「兄さん！　そこでイヌに糞《くそ》をさせんといてや！」

突然背後から声をかけられた。

とっさに振り返り、「いいえ、させてません！」と応じた。

箒と塵取りを持ったマスターは言った。

「だいたい飼い主はなあ、犬に糞をさせて、そこでおのれが糞を始末したら、それでええと思てるんや。糞を始末しても臭いが残ってる。人間にはわからへんけど、犬にはわかる。そしたら次々と犬が来てそこで糞をするんや。飼い主は糞を始末して澄ました顔でいるけど、客が来る駐車場の中で次々と犬に糞をされるこちらは迷惑や。オレの言うこと、間違ってるか？」

わたしはうつむいたまま「いいえ」と答え、その場をそそくさと立ち去った。

分が悪い。反論できない。

その後、その駐車場の入口に「この中でイヌに糞をさせるな！」という木札が立てられたのだった。

まるでわたしがマルクスにここで雲古をさせていたと思われたようで気分が悪かった。

マルクスは意趣返しにその木札に毎度小便を掛けようとしたが、わたしはその都度マルクスを引き摺って立ち去った。

家から三百メートルほど東にマッチ工場の跡地があり、その中へ入ると、マルクスはわたしにリードを外せと言わんばかりに首を高く差し出した。そして、自由になると、マルクスは喜び勇んで草むらの中へ駆け込んだ。

雑草の動きでマルクスの居場所は容易にわかる。

草がうねうねなびいている。

わたしは広場の中央に無造作に転がされた大きな石に腰掛けて煙草をふかした。

休日のせいで、道を通り過ぎて行く人は少ない。

突然、マルクスが草むらの中から蛇を銜えて現れた。

一瞬ドキリとしたが、よく見ると、五十センチほどの古びた水道ホースを銜えていたのだ。

マルクスはまるで宝物を見つけてきたように、ホースを引き摺りながら駆けて来た。そしてわたしの前で首を振って、銜えたホースを右に左に撥ねさせてみせた。

わたしは驚かされた腹いせもあって、素知らぬふりをきめこんだ。

マルクスは銜えていたホースを何度も地面に撥ねさせたあと、ホースを地面に落とし、わたしに向かって一声吠えた。そして再びホースを銜え、これ見よがしに右に左に振りながら後ずさりした。

わたしの反応を見ながらホースにじゃれている。

わたしは動かない。

するとマルクスは腹這いになり、ホースを前肢で挟んでその端を齧りはじめた。

わたしが立ち上がると、ハッとして噛むのを止めた。

わたしは無造作にホースを取り上げ、遠くへ投げた。

マルクスはそれを追って慌てて駆けだした。

そして、再びホースを銜えて草むらから現れ、嬉々として駆け戻ってきた。

また取り上げて、ホースを投げた。

また銜えて戻ってきた。

また投げた。

また銜えて戻ってきた。

マルクスはまるで新しいゲームを始めたかのように楽しんだ。

ところが、次に戻ってきて、ホースを差し出したところで、わたしは意地悪く首輪にリードを繋いでしまった。

マルクスは振りほどこうとしたがすでに遅い。

わたしはホースをうしろへポイと捨てた。

マルクスは慌ててそれを取りに行こうとしたが、リードに阻まれ後肢で立ってもがいた。

「これでおしまい！」

わたしはマルクスを引き摺るようにして歩き出した。

マルクスは恨めしそうにホースの方を振り返りながらついてきた。

しかし、工場の跡地を出るころには、マルクスはホースのことをすっかり忘れ、わたしの前を家路に向かって歩いて行った。

家に帰ると、マルクスに水を与え、ドッグフードを皿に入れた。

キッチンのテーブルには朝食が置いてあった。

散歩をして来た後なので食欲は旺盛で、味噌汁と納豆で一膳、卵かけ御飯と漬物でもう一膳、といった具合だ。

マルクスはすぐに食べ終えて、食事中のわたしの足元へ来てごろりと横になる。

何をしているのだろうかと気になって、テーブルの下を覗いてみたが、何もしていない。

ただ前方を見ているだけだ。

何か考えているように見えるが、そんなわけがない。

スリッパの先でマルクスの横腹をつついてやると、案の定相手になってくる。

足首を動かせると、スリッパを生き物のように思ってかかってくる。

逆に、わたしが新聞やテレビに夢中になっていると、マルクスの方から前肢でわたしの足をつついてくる。

相手にならないと、マルクスはスリッパを前肢で抱えて噛んでいる。

父は休日も早朝から家にいない。行先はゴルフ場だ。六時過ぎに山本課長が迎えに来る。父の天ぷらショットに、「ナイスショット！」と声をかけ、愛嬌を振りまいているらしい。いっしょにプレイしたことがあるというメーカーの営業担当者が教えてくれた。そして、意外にゴルフが上手だという。普通ゴルフが上手な人はストイックな奴が多いらしいけど、山本課長ははしゃぎまわって九十を切るという。こちらの調子がくるってしまうと、その担当者は言った。

父は本を読まない、音楽も聴かない、酒も飲まない、ゴルフだけが唯一の趣味だ。ただ、女はいるらしい。

わたしが大学二年のとき、母が狂った。夏休みに帰ったとき、父の浮気な行状を涙ながらに語り、わたしに意見してくれとしつこく言った。女を牝猫と罵っていた。

「マナブがあなたに話がある！　と言っています！」

そう言ってわたしは無理やり主人公に仕立てられた。

父に問いただしたら、「肯定もしよう、また否定もしよう」などと訳のわからないことを口走った。分が悪いのか、話し方にいつもの迫力がない。母はわたしを味方にして父を攻めた。「マナブも何とか言いなさい！」とヒステリー状態である。「阿呆なことを言うな！」と父も反論する。

女はどうやら入院していた病院の看護師らしい。

わたしは黙って応接室を出た。犬も食わぬ話をどう始末をつけたのか、わたしは知らない。

朝食を済ませると、マルクスを抱いて二階へ上がった。

スイッチを切り忘れていたステレオからピアノ曲の演奏が流れていた。

マルクスを床に降ろすと、ソファーの上に跳びあがって横たわった。そして、大きな眼でわたしの方を見つめている。

わたしは読みかけのファーブルの『昆虫記』を手にしてベッドに寝転んだ。

いつも四冊の本を並行して読んでいる。このときはガルシア＝マルケスの『百年の孤独』、ファーブルの『昆虫記』、中国の思想『孫子・呉子』、そして天野清の『量子力学史』だった。これぐらいのペースで読まないとわたしの読書欲は満たされなかった。ちなみに中国の兵法書は、営業の戦略に活用しようとしていたのだ。

『昆虫記』は岩波文庫で二十分冊をすべて買った。読み始めると、とても面白い。特に「聖たまこがね」の章などは、気に入ったところを赤鉛筆で印を入れながら読んだ。毎日少しずつ読むのを楽しみにしていた。

読み始めてしばらくすると、FM放送が軽音楽に変わったので、わたしはプリアンプのセレクターをチューナーからカセットテープに切り替えた。

そしてカセットケースから『ブランデンブルク協奏曲』を取り出して再生した。

カール・リヒター指揮、ミュンヘンバッハ管弦楽団演奏を「第一番へ長調」から。

軽快な音楽が部屋に流れ始める。

わたしが立ち上がったとき、マルクスも慌ててソファーから跳びおりた。わたしが階下へ降りると期待したのだ。しかし、わたしがステレオセットを操作したあと再びベッドに寝転んだので、マルクスはふてくされたようにソファーに戻った。再び元の姿勢でわたしを見つめている。

わたしは〈つちすがり〉の人知の及ばぬ本能の妙技を興味深く読んだ。〈つちすがり〉は巣穴の中に、将来生まれてくる幼虫のために、獲物が腐敗しないようにして保存する。生物の驚異の本能に神秘を感じる。進化の理論だけで説明しきれるのだろうか。ファーブルは知恵を絞って様々な観察を試みている。

ところが読み進めるうちに、時々句点がころころと転がった。転がった句点を眼で拾って元に戻しながら読み進める。また転がる。また拾う。やがて読点の楔《くさび》もゆるみ始め、ついには鉤括弧《かぎかっこ》も外れて組んだ活字が崩れてしまう。

わたしは安らかに寝息をたて始める。部屋にはバッハの音楽が流れ、至福の時間であった。

遠くから雨戸を叩くような音が聞こえてくる。「何だろう?」と不思議に思ったところで目が覚めた。マルクスが階段のところで吠えていた。

マルクスはわたしの傍らにきて地団太を踏むようにして吠え、また階段のところへ走って行って下に向かって吠えている。母を呼んでいるのだ。オシッコがしたいのだけれど、階段を降りることができない。

「わかった、わかった」、わたしはそう言いながらマルクスを抱えて階段を降りた。
洋間からテラスへ出て、庭に向かって放してやった。
マルクスは自分がトイレとするところへ勢いよく駆けて行った。
よく躾けられている。賢い犬だ。
しばらくしてマルクスは鉢植えの陰から出てきた。
そして芝生の上に転がっているゴルフボールを一つ銜《くわ》えてわたしの前へ帰ってきた。
これからゴルフボールで遊ぼうという催促なのだ。
マルクスは銜えていたボールをわたしの前に置いた。
わたしはボールを取りあげて、芝生の方へひょいと投げた。
マルクスは喜び勇んで駆けて行き、ボールを銜えて戻ってきた。
また投げる。
また銜えてくる。
他愛ない動作の繰り返しがマルクスにはすこぶる面白いらしい。
マルクスは庭を駆けまわる。
ところが三度も続けるとわたしの方が面白くない。
そこでちょいと悪戯心《いたずらごころ》を起こして、ゴルフボールをあらぬ方向へ投げてやった。
花壇の中、生垣の下と出鱈目に投げてやる。

最初のうちこそマルクスは喜んで取りに走ったが、そのうち道草をするようになり、ついにはズルをして違うボールを銜えてきた。

「マル！　違うじゃないか。投げたのはマックスフライの2番だったぞ。これはアルタスの5番じゃないか。あっちのボール！」

そう言って生垣《いけがき》の方を指さし、ボールを元あったあたりへ投げ返した。

マルクスは生垣の方へは行かず、再びアルタスを銜えて戻ってきた。

「違う！　あっち！」

わたしはアルタスを、マックスフライを投げた方へ投げた。

マルクスはそちらへ行かず、植木の陰からタイトリストの1番を銜えてきた。

腹が立ったので投げ捨てた。

次はキャスコを銜えてきた。取り上げるとスポルディングを銜えてきた。

そしてマルクスの方が面白がって、庭中のゴルフボールを次から次へとわたしの前へ並べていった。

わたしはマルクス・アウレリウスによって深く自省した。

いかなる行動にさいしても、でたらめになすことなく、それにかんする技術の基本的な基準に悖《もと》る仕方は避けてなすべきである。（四・二）

そのあと、わたしたちはスリッパの引っ張りあいをして遊んだ。

このようにわたしとマルクスはしばらくの間しあわせな日々を送った。しかし、それも長くは続かなかった。マルクスの身体を病魔が蝕んでいたのだ。

わたしは犬の病気に関してあまりにも無知だった。これはおかしいと思って動物病院へ連れて行ったときはすでに遅く、獣医は冷淡にもマルクスがそう長くは生きられないとわたしに告げた。マルクスは腕の中で眼を閉じたまま大きく腹で息をしていた。わたしは自らが侍医ガレノスたりえなかったことを、マルクス・アウレリウスに詫びた。

獣医に教示されたことを思い返してみると、なるほどそうだったのかと納得することばかりだった。というのも、マルクスがわが家の一員であることをようやく世間が知り始めたころ、マルクスの鼻先が乾いたことがあった。犬の鼻が乾くのは熱の所為《せい》であるとは知っていたが、わたしはそれほど重要視しなかった。マルクスの食欲は衰えていなかったし、まもなく鼻の乾きもなくなり、熱も下がったように思えたからだ。わたしは犬という種族の頑健な身体を信じていたのだった。

思い返せばひと月前、朝の散歩に行くときのこと、いつもならわたしが二階から降りてくるのを玄関で待ちかねているのだが、マルクスは犬舎の中でうとうとしていることがあった。

わたしが洗面を終えて声をかけると、ようやく短い尻尾を振って近寄って来た。朝夕がめっきり冷え込むようになったころで、ずいぶん寒がりの犬だと思った。

そして再び鼻が乾き、時々「クフンッ」という妙な咳をするようになった。わたしは犬も風邪をひくことがあるのかしらんと思い、置き薬の『熱龍』を飲ませた。

わたしは嫌がるマルクスの吻《くち》をこじ開けながら言い聞かせた。

「いいかマルクス！　良薬《リョウヤク》ハ口ニ苦《ニガ》ケレドモ、病《ヤマイ》ニ利アリ。忠言《チュウゲン》ハ耳ニ逆ラエドモ、行ナヒニ利アリ、だ」

しかし、わたしが日本一の風邪薬と信じる『熱龍』も、マルクスにはまったく薬効がなかった。食事を残すようになった。

わたしはまったく風邪の所為だと思っていた。風邪をひいたときは、一に睡眠、二に栄養。わたしは朝夕の散歩を中止し、食事はドッグフードに代えて肉や魚を与えてみたりした。

そのころ、マルクスの犬舎であるカゴは、洋間のテラスに近い暖かいところに移されていた。わたしが仕事から帰ると、マルクスは片耳の取れたウサギのぬいぐるみとともにその中にいることが多かった。それでもわたしの帰宅に気がつくと、犬舎から出てきて短い尾を振った。

マルクスは鼻汁を出し、それをたびたび舌で舐めとった。目脂が眼のふちにこびりついているので、ぬるま湯をしぼったタオルで拭き取ってやった。

風邪はいっこうに快方へむかう気配がなかった。

ある日、マルクスは食べたものを吐いた。事ここに至ってようやく異常に気付き、わたしはマルクスを動物病院へ運び込んだ。しかし、時すでに遅く、マルクスが死の宣告を受けたことはすでに述べたとおりである。

若い獣医はこう言った。

「ジステンバーの末期です。残念ながら余命一ヶ月というところでしょう。すでに手遅れです。有効な薬もありません。免疫力を高め、体力を維持するために点滴を行います。どれくらい有効かはわかりませんが、毎日点滴をしてみましょう」

わたしは藁にもすがる思いで、毎日マルクスを動物病院へ連れて行った。処置台の上で、マルクスは眼を閉じたまま点滴を受けた。

その間、わたしは傍らでマルクスの前肢のマメを人差し指で撫でてやった。

しかし病状はいっこうに改善されず、医療費がかさむばかりだった。あの薬この薬と獣医は様々な薬をマルクスに試した。

これに音をあげたのは治療を受けているマルクスよりも、治療費を支払っているわたしの方だった。マルクスは健康保険に加入していないから、治療費は全額負担だった。マルクスをわたしの扶養家族に入れられないか、会社の中島管理部長にこっそり相談した。

「イヌと養子縁組ができるかどうか、顧問弁護士の安部先生に相談してみてはいかがですか」

中島部長は明らかにわたしを莫迦にした目で慇懃に言った。

この話はすぐに山本営業課長の耳に入るところとなり、まるで臨時ニュースが流されたように、社内はもちろんのこと、得意先や仕入先のメーカーの人たちも知るところとなった。社長のアホ息子と、陰で莫迦にされたのは言うまでもない。得意先のクリーニング店の店主はアイロンをかけながら、わたしが獣医の金儲けのカモにされていると、親切に忠告してくれた。

それでもマルクスにはできる限りのことをしてやりたかった。ある人が霊験あらたかな拝み屋を紹介してくれた。新興宗教の教主だ。

彼は白装束のはかま姿でわが家に現れ、庭に祭壇を組んで護摩を焚いた。

のーまくさーまんだーば　さらなんせんだ
まーかろしゃーな　そわたやうんたらた　かんまん。

大きな声で祈祷をあげながら、表に「病気平癒」、裏に「マルクス・アウレリウス・アントニヌス」と書かれた夥しい護摩木を焔の中へ放り込んだ。

わたしはマルクスを抱いて彼の横側に座った。

言われるままに結界の中の護摩壇に手をかざし、その手でマルクスの身体を撫でてやった。

拝み屋が持ち帰った祈祷料を公表することは差し控えたい。

霊験はあらたかではなかった。

わたしは相変わらず動物病院へ日参した。しかし、あらゆる治療を試みてもマルクスの病状は改善されず、ついに獣医は治療が無駄であることをわたしに告げたのだった。余命を永らえる効果もないと言う。「金返せ！」とも言えず、わたしはベッドに横たわるマルクスの前で神妙な面持ちで聞いた。そして獣医は、マルクスに安楽死を施すのも一つの選択肢であるということを、実に慎重に話したのだった。

わたしはきっぱりと拒否した。例えばマルクスが狂犬となり、他の人に危害を加える恐れがあると言うなら、飼い主の責任において処置を施さねばならないだろう。しかし、マルクスはそうではない。マルクス・アウレリウス・アントニヌスは強い意志によって自らの運命を潔く引き受けているのだ。

死は、存在の消滅であれ、此岸より彼岸への移動であれ、ともかく、おまえは心静かにそれを待つべきである。（五・三十三）

家に連れて帰ると、わたしはマルクスの首輪を解いて、犬舎であるカゴの中へそっと入れてやった。

マルクスは腹で大きな息をしながら哀しそうな目でわたしを見つめた。

お気に入りのウサギのぬいぐるみは、ついに両耳が取れてしまったまま彼の背中であらぬ方を向いていた。

夕食のとき、動物病院でのことを家族に話すと、父は介錯してやるのがせめてもの情けだと、暗に安楽死をほのめかした。

格好いいことばかり言って、自分がマルクスをわが家に連れ込んだ張本人であることをすっかり忘れていた。

「イヌと養子縁組したいなどと、会社中で嗤い者だ」

父は苦虫を噛《か》み潰《つぶ》した顔をして言った。

母はマルクスを「犬島へつかはせ」とわたしに迫った。

彼女は死を忌まわしいもの、汚らわしいものとして嫌っていた。

「もう死んだも同然じゃないの！」とヒステリックに叫んだ。

わたしは彼らの意見に反対して、マルクスの死に水を取ると言い切った。

とはいうものの、妥協して、犬舎を家の外に出すことに同意せざるを得なかった。

以後、一切の面倒はわたしが見た。


わたしはマルクスが入ったカゴを裏の納屋に運び込んだ。

引き戸を開けた途端に埃っぽい臭いが鼻をつき、その臭いが、小学生のとき罰としてここに閉じ込められた記憶を甦らせた。

幼い日、この薄暗い息の詰まりそうな異界に閉じ込められてわたしは泣いた。

その日わたしは朝から学校へ行きたくないと言って駄々をこね、母の引く手を拒んで泣き叫んだ。玄関先で転びまわって抵抗するわたしは裏庭へ連れて行かれ、納屋の中に閉じ込められた。

表から戸に鍵を掛けられ、お化けが出ると脅された。わたしは引き戸を打ち叩いて泣き叫び、祖母に助けを求めた。しかし、いくら戸を叩いても反応はなく、叩く手も疲れ、やがて泣く声をひそめてあたりを見回した。納屋の中はかび臭く、ほんとうにお化けが出そうだったのだ。

大人になっても、納屋の中は不気味だった。

電灯をともすと、土間には自転車やビールの空き瓶の箱が置いてあり、棚には扇風機や噴霧器の箱、バケツ、鍋の類、買い置きの洗剤やトイレットペーパーが並んでいた。そして、裸電球の硬い光がそれらの物たちの影を大きく縁取っており、納屋の中ではその影たちが支配する異界であった。

わたしは入口の近くの土間にカゴを置いた。

母に出してもらった古い毛布をカゴの上から掛けてやると、マルクスは毛布の下から頭を出して心細そうにわたしを見つめた。

しゃがみこんで右手で喉元を撫でてやると、わたしの左手の指を隈なく舐めた。

マルクスの将来を思いやると、暗澹たる気分になった。

どうすることもできない。

わたしは納屋の電灯を消して、後ろ髪ひかれる思いで母屋へ帰った。

日が経つにつれマルクスの病状は確実に進行し、彼の後肢は徐々に不自由になっていった。それでもマルクスは後肢を引き摺りながら納屋から出て、裏庭を歩き回った。マルクス・アウレリウスが支配する版図は狭くなったけれど、巡察は怠らなかった。

わたしが近寄ると、マルクスはすぐに仰向けに寝転んで小便を漏らした。

わたしは赤児をあやすように抱きかかえ、納屋の中のカゴに戻した。

マルクスは安心したように眼を瞑り、腹で大きく息をした。

それからも、仕事から帰って真っ先に納屋を訪れると、マルクスはカゴを中から押し倒し、必死で這い出ようともがいた。弱々しい後躯をカゴの中に残したまま、犬掻きさながらの格好で前肢を動かすのだ。しかし、その涙ぐましい努力にもかかわらず、マルクスの前肢は空しく土を掻くばかりだった。彼の感情の表現である尻尾さえ彼の意思に従わなかった。わたしが牛乳の入ったボールを差し出しても、マルクスはそれを飲もうとせず、目脂がいっぱい溜まった目でわたしを見つめるばかりだった。

マルクスは日毎に衰弱し、不随はついに全身に及んだ。目脂と鼻汁、嘔吐と下痢、寝床は汚物にまみれ、その汚物の中でマルクスはか細い生命を生きていた。

わたしは朝早く起きて納屋へ行った。「マルクス、おはよう!」と声をかけ、湯を絞ったタオルで顔を拭いてやった。

そして身体を拭いて紙オムツを換えた。

下に敷いたクッションを取り換え、その上に新しいバスタオルを敷いてやった。

その間もマルクスは眼を閉じたまま大きな息をして横たわっていた。

マルクスはウサギのぬいぐるみをもう求めない。

そして夜、仕事から帰ってきたら、まず一番にマルクスのオムツを換えた。

マルクスは腹で大きな息をしながらされるがままになっていた。

汚れたタオルの洗濯を自らの苦行とした。

家の洗濯機を使うと母が嫌うので、店で洗濯機が売れたとき、客から引き取った古い商品を家に持ち帰り、それでマルクスのタオルを洗濯した。

朝と夜、昨日と今日、計四枚のタオルがマルクスの身体を循環した。

病状はさらに進み、いくら呼びかけてもマルクスは眼を開かない。だけど彼にはわたしが呼んでいるのがわかっていたと思う。これは決して希望的観測ではない。その証拠に、わたしが呼びかけるたびに、マルクスの頸がほんの僅かではあるが小刻みに震えていたのだ。マルクス・アウレリウスは首を起こし、わたしの呼びかけに応えようとしていたに違いない。

心安らかに去れ。おまえを去らす者もまた、心穏やかな者であるから。（十二・三十六）

わたしは仕事中もマルクスのことが気になって、ときどき家に帰って薄暗い納屋を覗いた。マルクスへの思いが徐々にわたしを無能な人間にしていったようだ。客との約束を忘れたり、また売れた商品の配達の手配が遅れたりしてよく叱られるようになった。

開け放しの納屋の中で、マルクスは眼を閉じて毛布にくるまっていた。

あの愛くるしい目でわたしを見つめることはなかった。

マルクスの嗅覚はずいぶん前から鼻汁によって駄目になっていたと思う。

おそらく聴覚も失っていたのだろう。

彼は呼吸をすることだけで精一杯だったのだ。

わたしはオムツを換えながらマルクスとの楽しい日々を回想し、砂浜を元気よく駆け回るマルクスを想った。

例えば休日の夕方、わたしはマルクスを車に乗せて海岸へ行った。

マルクスは助手席に立って横の窓から景色を見るのが好きだった。

駐車場に着いてドアを開けてやると、勢いよく飛び出し、海岸の方へ走って行った。そして、途中から引き返して来て、早く来いと言わんばかりにわたしの足にまとわりついた。

マルクスは元気よく砂浜を駆け回った。

そして、それに飽きるとわたしたちは防波堤へ行った。

マルクスは脚が短いので、途中の岩場を渡れず、右往左往して歩きあぐねた。

わたしが防波堤まで抱いて行ってそこで放してやると、先端の方へ駆けて行った。

マルクスの前をフナ虫たちが群れになって逃げて行く。

夕陽が真っ赤に熟れて、周りの雲をあかね色に染めている。

わたしは防波堤の先端に座り、マルクスを膝に抱いて遠く発電所の煙突の向こうに沈んでゆく夕陽を眺めたのだった。

マルクスは相変わらず納屋の中で昏睡状態に陥っていた。

わたしはマルクスの頭を軽く指で叩くことで彼と連絡をとることにした。即ち、一つ叩けば「こんにちは」、二つ叩けば「変わりはないか？」、三つ叩けば「さようなら」、という具合に。実際、マルクスに数を数えることができたかどうか、わからない。しかし、何度も繰り返すことによって、彼が頭蓋骨に受ける振動の意味を理解したと期待した。

納屋に入ると、「マル、こんにちは」と言いながら、わたしはしゃがんで彼の頭をコンと一つ叩いた。

ときには「マル、元気かい？」と言って、いきなり二つ叩くこともあった。

そして、彼の身体を濡れたタオルで拭いてやりながら、新聞や週刊誌で読んだこと、またテレビやラジオで聴いたこと、さらには近所のイヌやネコたちから仕入れた情報を話してやった。

「マル、境野さんちのナナちゃんが心配していたよ」

またサミュエル・カミングウェイ編集のアンソロジー『愛犬のためのレクイエム』（神足美鈴訳・ぱるぷ舎）を朗読してやったこともある。

マルクスは眼を閉じたまま安らかな顔で聞いていた。

わたしは甲斐々々しくマルクスの世話をする自分に満足していた。

だけどいつまでもいっしょにいるわけにはいかない。

わたしはマルクスの頭を軽く三つ叩いて納屋を出た。

死期が刻々と近づいているのは明らかだった。母は納屋の中で動かなくなったイヌを気味悪がって、早く保健所へ連れて行けとわたしに迫った。父は薄情にも安楽死させてやれとわたしに迫った。

「金ならわしが出してやる！」と。

阿呆な話だ。自分が連れ帰った犬ではないか。

わたしは頑として彼らの意見を聞き入れず、独りマルクスの世話に明け暮れた。そして、介護のために仕事を休んだ。

マルクスとともに生活するにつれて、俗世との縁《えにし》も次第に薄れ、やがてはそぞろ神に取り憑かれたのか、或いは道祖神に招かれたのか、漂泊の思いがやまず、ついにはマルクスを連れて旅に出ることを夢見るようになった。

家人が寝静まった深夜、月明かりに誘われて庭に出ると、望月の雲に見え隠れするさまが、むかし異郷で観た姿に似て、漂泊の思いはいよいよ募るばかりだった。当時は異郷に住んで、月を観ながらどこへ行ったのかわからぬ恋人を想った。故郷に帰っても、彼女の所在は杳《よう》としてわからなかった。わたしは異郷で観る月に、十八歳で行方知れずになった恋人の顔を似せて眺めた、多恵子。

吾が妹がうつろふ月をながめばや　雲なうごきそ妹がかくれむ

モランの息子が自転車旅行に準備したものは、誕生日に父に買ってもらったリュックサック。その中へ洗面道具、ワイシャツを一枚、パンツ七枚と靴下一足、それからよそ行きに履く靴を一足だった。

わたしも倣ってリュックを持って行く。その中に洗面道具、下着にするTシャツとパンツ、そして靴下をそれぞれ二組入れた。

そして、納屋の奥から自転車を出してきた。この自転車は緑色で、高校に入学したとき父に買ってもらったものだった。しかし、高校を卒業してからは、今までこの納屋に放置されたままで錆びかけていた。

ひところわたしの脚でさえあった自転車を、マルクスをこの納屋に連れてくるまですっかり忘れていた。

タイヤに空気を入れ、ペダル、歯車、チェーン、車軸、ハンドルと、次々と油を注《さ》したあと、わたしはスタンドを立てたままサドルに跨ってペダルを漕いだ。最初は重かったけれど、徐々に軽くなっていった。そして、高校時代にこの自転車に乗っていた感覚とともに当時の記憶がわたしの脳裏に甦ってきた。

朝な夕な、登下校時はもちろんのこと、友達を訪ねるとき、また使いをするときも、わたしはこの自転車に跨った。クラブ活動を終えての帰り道、漢文の教科書の一節を朗唱しながら夕日に向かってペダルを漕いだ。

「世ニ伯楽《ハクラク》有リテ、然《シカ》ル後ニ千里ノ馬有リ。千里ノ馬ハ常ニ有レドモ、伯楽ハ常ニハ有ラズ。故ニ名馬有リト雖《イエド》モ、祇《タ》ダ奴隷人《ドレイジン》ノ手ニ辱《ハ》ヅカシメラレ、槽瀝《ソウレキ》ノ間《カン》ニ駢死《ヘンシ》シテ、千里ヲ以テ称《ショウ》セラレ不《ザ》ルナリ……嗚呼《アア》、其レ真《マコト》ニ馬無キカ、其レ真ニ馬ヲ知ラ不《ザ》ルカ」（注2）

出発の日の未明、わたしは起き抜けに手早く身支度をした。

音もたてずに母屋を出て、納屋に向かった。

肌寒い。

暗がりの中を手探りで戸を開け、電灯を点すと、凛とした透明な空気が明るくなった。

「さあマルクス、出発だ！」

自らの前途への不安を打ち消すように意識的に元気よくマルクスに声をかけた。

新しい段ボール箱にバスタオルを敷き、その中にマルクスを入れた。

彼は死を前にして潔く、眼を閉じたまま身動きひとつしなかった。

わたしはマルクスの頭だけが出るようにして、彼の身体をタオルで被った。

そして、その箱を自転車の荷台に載せ、ゴムひもでしっかりと括りつけた。

旅の装いとして、運動靴にコールテンのズボン、黒いセーターの上に黒のコートを羽織った。

ジャンパーでなくコートを選んだのは、野宿する覚悟があったからだ。毛糸の帽子を耳まで被り、鹿皮の手袋をはめて、自転車のスタンドを静かに撥ねた。

納屋から出ると、空はまだ暗く、星たちがきらめいていた。

わたしは静かに自転車を押して、裏の木戸から家を出た。

街路灯に沿って、静かに眠る街並みを自転車は軽快に駆け抜けた。

頰を刺す冷たい風も、出立の緊張のために苦にならない。

走るにつれて体温が上昇し、むしろ気持ちがよいくらいだ。

吐く息はわたしの前で白く弾んで後ろへと流れ去った。

行く宛てはなかったけれど、希望に胸は膨らみ、開放感であたまの中は空っぽだった。

商店街を抜け、小さな橋を渡り、寺門を通り過ぎると突然墓場が現れた。怖さも手伝って、ここは一気に駆け抜けた。

長い間放置していた自転車は、自転車屋に手を入れてもらい、タイヤも交換してペダルは軽くなり、車輪はもはやわたしの脚も同然となった。

このときわたしの前に突然T字型の交差点が立ちはだかった。

三叉路はいろんな形で現れる。

右へ行くべきか、はたまた左にすべきか、that is the question.

しばらく自転車を止めて佇《たたず》んだ。ときどき乗用車が疾走する。

靴を跳ねて左右を決める歳ではなかった。

ここは遊び心で山側か海側かで判断した。

そして、わたしは海側へ、即ち左へ進路を取った。

踏切を渡ってしばらく行くと、大きな交差点に出たのでひとまず停まり、往来する車がなかったので信号が青になるのを待たずに右折した。

枝が切り落とされて裸になったポプラの樹が立ち並ぶ歩道を左にして、広い道路で力強くペダルを漕いだ。

ときどき大型トラックが猛スピードでわたしを抜いて行く。

その度に風圧で飛ばされそうになった。

そして突然歩道がなくなり、道幅が狭くなった。それでも大型トラックは傍若無自転車に走って行く。

トラックに追い抜かれるたびに、わたしは危険を感じ、やむなく国道を外れて、再び住宅街に入った。

早起きの家では、窓に灯りが点っていた。

やがて空が白みはじめ、真向いの山々の稜線が茜色に染まりはじめた。

どこかで明烏《あけがらす》がカアカアと鳴いている。

4　ケンタウロスの末裔

東南の空に明るい星が輝いている。東の空の端が少し明るくなってきた。街並みがぼんやりと姿を現しはじめた。

右手に駅舎を見ながら三度《みたび》踏切を渡る。駅前の商店街はまだシャッターを閉ざして眠っている。眼鏡をかけた男性が鞄を下げ、コートの襟を立てて歩道を足早に歩いて来る。また一人、また一人と男が現れる。毛糸の帽子を被った大きなマスクの女性も現れた。彼らはこれから電車に乗り、すし詰めになって会社に向かう。

わたしは軽快にペダルを漕いで、国道を駆けた。

わたしの身体はすでに自転車と一体だ。わたしの脚がペダルを通じてギヤを回転させ、その回転がチェーンを通じて後輪を回転させる。後輪の回転は、わたしの脚の回転よりも速く、自転車は快走する。わたしの脚はチェーンを通じて車輪に繋がっている。言い換えれば、わたしの脚は車輪に等しい。わたしの身体は半人半輪となって駆けて行く。

往来する車が多くなってきた。乗用車やトラックが容赦なくわたしを追い抜いて行く。わたしは極力道路の端を走る。冷たい空気が頬を刺し、皮膚がひきつっているのがわかる。しかし、寒いという感覚はない。わたしの身体は燃焼し、車輪の回転はますます速くなった。

やがて大きな橋を渡った。川面は白く靄がかかっている。川の水の温度よりも気温が低いから水蒸気が……

「しまった！」

突然、そう、まったく突然に、天啓のごとくわたしの脳裏に閃くものがあった。

リュックサックを忘れてきた！ 昨夜、入念に準備したリュックサックを、あろうことか部屋に置いてきたのだ。

なんたる失策。部屋の机の前の肘掛椅子の上に置いたままだ。

取りに帰ろうか、取りに帰らねば……。いや、このまま旅を続けようか。行こうか帰ろうか、迷いながらわたしは惰性でペダルを漕いだ。ペダルを漕ぎながら迷いが頭の中で回転した。

峠を越え、橋を渡り、電車の線路に沿って、すでにずいぶん遠くまで来てしまっていた。

リュックの中には着替えのTシャツとパンツ、そして靴下がそれぞれ二組入っている。そのほかに洗面用具、ノートや筆記用具、岩波文庫の『福音書』。運転免許証をリュックのポケットに入れた。また腕時計をリュックのベルトに巻いた。それらをことごとく忘れてきたのだ。今から取りに帰るとなれば、今日の出発は中止になる。

幸い現金はズボンの左のポケットに入っている。ペダルを漕ぎながらズボンの上から確かめた。一万円札と千円札をクリップに挟み、二つ折りにしていつも裸で持ち歩いていた。硬貨は別に小銭入れで持っている。一度財布を落としてから、紙幣を財布に入れて持つ習慣を失った。ズボンの右のポケットには肥後守、コートの左のポケットには煙草とライター、そしてコートの右のポケットにはビー玉が三個、内ポケットには万年筆が入っていた。本来運転免許証も万年筆と一緒に内ポケットに入っているはずなのに、何を思ったのか、夕べはふとリュックのポケットに入れてしまったのだ。

駐車場が目についたので、ひとまずそこに入り、自転車を降りてスタンドを立てた。段ボールの箱を少し開いて覗いてみると、マルクスは眼を閉じたまま静かに息をしていた。すでに鬼界に入りし者のごとく、あるいは、もはやその生を完了した者のごとくに、この、天から恵まれた余得ともいうべき今後の人生を、自然に即して生きること。（七・五六）

そこは信用金庫の敷地だった。わたしは玄関横の植木を囲んだブロックに腰を下ろし、ポケットから煙草を取り出して火を点けた。そして、忘れてきたリュックの中身と、服のポケットの中身を、まるで財産を品定めするように較べてみた。

忘れてきた物（リュックサックの中身）

着替え（シャツ・パンツ・靴下）

洗面用具（歯ブラシ・歯磨き粉・カミソリ・ローション）

青い表紙のノート

『福音書』（岩波文庫）
運転免許証
腕時計（ロンジン）
ポケットの中
ズボンの左ポケット「七万三千円」
コートの左ポケット「ハイライト・ダンヒルのライター」
ズボンの右ポケット「肥後守」
コートの右ポケット「ビー玉三個」
コートの内ポケット「万年筆」

まず、リュックの中身で本当に必要なものは何か。**着替え**のシャツやパンツ、そして靴下、さしあたって必要ない。着の身着のままでもよいではないか。

洗面用具もそうだ。ヒゲも剃らない。歯も磨かない。というわけにもいかないだろうから、これはどこかで調達しよう。

そして、青い表紙の**ノート**は旅の間に見聞きしたことや思いついたことを書き留めておこうと思って入れた。またそのときどきに思索したことも書き留めようと思っていた。

学生のとき微分方程式と量子力学が好きだった。卒業してからも、ウィスキーを飲みながらなぐさみに微分方程式の問題を解いていた。そのノートの使いさしがあったので、それを入れていたのだ。

そして、岩波文庫の『**福音書**』。断っておくが、わたしはキリスト教徒ではない。なぜこんなものを入れたのか、恥ずかしいかぎりだ。

わたしは旅に出ようという熱に浮かされて、常軌を逸していた。いや、希望に満ちていたと言った方が良いのかも。確かにある時期わたしは聖書を読み耽った。聖書は宗教を離れても文学書としての感動をわたしに与えた。繰り返し読んだのが、旧約聖書の『創世記』と新約聖書の『福音書』だ。楽園喪失とキリストの磔刑。

「エロイ　エロイ　ラマ　サバクタニ！」

そして、**運転免許証**。この旅で自動車を運転することはないだろう。とはいうものの、これは身分証明書をも兼ねる。

先日も郵便局へ定期預金を解約に行ったら、身分証明書になるものを何か提示するよう言われた。

小さな町の郵便局でのことである。

窓口の女性はわたしを幼い頃から知っている近所のおばさんだった。

「おばさん！　ぼくがだれだか知ってるでしょ！」

思わずカウンター越しに叫んでしまった。

「マナブ君、ゴメンネ、規則なの……」

彼女は笑いながら言った。

仕方なくわたしは運転免許証を差し出した。

彼女はわたしの運転免許証の番号を書類に記入して、解約の手続きをした。とても不快だった。おおげさな言い方かもしれないが、わたしは運転免許証に記載された事項によって、自らの存在証明を明らかにすることを断固拒否する者である。わたし自身の存在や、わたしの言動よりも、薄っぺらな運転免許証の方が真なのだ。おかしいではないか。くそっくらえだ！

腕時計はどうか。ロンジンの腕時計だ。大学四年の夏休み、父が経営する会社、即ち現在わたしが勤めている会社の社員旅行に便乗して香港へ行った。そのときに買ったものだ。いや、正確に言えばそのとき裕子に買ってもらった時計だ。

夏休みの小遣い稼ぎに父の会社で配達のアルバイトをしていたときに、刹那的に欲情して彼女と関係した。それ以来、新幹線に乗ってわたしの下宿へ泊りに来る腐れ縁をもった。香港のホテルで、同室の従兄が娼婦を求めて徘徊している間に彼女を連れ込み、ヘネシーを飲みながら濃密なときを過ごした。従兄は気を利かせて部屋を空けてくれたのだと思う。思い出深い時計だけれど諦めよう。

これからのわたしの旅は時間の外にあり、時計など必要ない。日時や年月などは関係ない。というわけで、リュックサックを取りに帰るのは止めにした。

わたしは立ち上がり、自転車のスタンドを撥ね上げた。

そして再び国道に出た。

通勤らしい乗用車が多くなっている。

山の向こうから朝陽が昇り始めた。

わたしはこの旅に出るにあたって一応の身辺整理をしてきた。毎週送られてくる『Newsweek』と、予約購読している文芸誌『海』を解約した。整理したと言ってもそれぐらいだ。わたしはまだ世間のしがらみに縛られていない。

部屋は起き抜けのままである。

昨日までの生活をそのまま残してきた。

会社へは有給休暇を申請した。

「何処へ行くのよ！」

ライトバンに商品を積み込んでいたわたしの背後から裕子が訊ねた。

「ちょっと旅をして来ようかと思って……」

「もう……、それで何処へ行くのよ！」

「何処かわからない、ちょっと自分探しに……」

こう言うと、彼女は妙に納得した。

「自分探し」、わたしはテレビなんかでみんなが言っているこの台詞《せりふ》を真似て言ってみただけなのに、不思議に霊験あらたかな言葉で、彼女はそれ以上何も問わなかった。

「悪いオンナに引っかかったらダメよ！」

「もう引っかかっている」

「……バカ」

裕子はわたしの背中を叩いた。

「有給休暇なんて、仕事に責任を持たぬクズが取るものだ」

夕食のテーブルで父はそう言い放った。

「マルワ電器の武田君を見てみろ！　今は支店長で店を任されているんだぞ！　おまえのようにへらへらしていない！」

武田君も社長の息子で、彼は大学へ行かずに高卒で家の仕事を手伝った。わたしと歳は同じであるが、四年経験が多い。かなりのやり手である。そして、新しく出店したのを機にその店の店長になったのである。

父は常々わたしを武田君と比較してものを言った。

焦りがあったのだろう。

わたしはそういう記憶を振り払おうと、力いっぱいペダルを漕いだ。

白い息が弾んでいる。

自転車はさらにスピードを増した。

走りながら、わたしはコートの三つのポケットとズボンの二つのポケットの中にあるものを点検した。まるで自分の財産目録を作るみたいに。

ズボンの左のポケットに一万円札が七枚と千円札が三枚入っている。しめて**七万三千円**。わたしは左手でズボンの上から押さえてみた。

贅沢さえしなければ当座の路銀となるだろう。

先にも話したように、この旅を計画してからわたしは郵便局で十万円の定期預金を解約した。ところが災難は突然訪れるもので、仕事中に客先から出てくると、車に駐車違反の札が貼り付けてあった。

タイヤには白墨で印を付けられ、道路には日時が記してあった。

車のサイドミラーには鎖が巻かれていて、警察署へ出頭しなければ外してもらえない。

もちろん駐車禁止の道路であることは知っていた。しかし、商品を届けるだけの二分とかからない仕事だったので、すぐに戻ってくるつもりだった。禍福はあざなえる縄のごとく去来するもので、このとき客に渡したチラシのカラーテレビが売れ、意気揚々と車に帰ったら、駐車違反という有様だった。

わたしは警察署へ行った。

受付で名乗ると、若い女性の警官が出て来た。

わたしは彼女に平身低頭して弁解した。

「ほんの二、三分停めただけなんです」

気持ちは確かにそうだった。

「いいえ、あなたは*時*分から五分以上駐車しました！」

この言葉にわたしの理性はぷつんと切れた。

「コラッ！　もう一遍言うてみい！　それやったら、ワレ（あなた）はワイ（私）が車を停めたんを見とったんやないか！」

カウンター越しにわたしが怒鳴り始めたので、署内の人が一斉にわたしに注目した。

「ワレ（あなた）は隠れて見とったんかい！　コソ泥みたいに隠れとったんかい！　ここは駐車違反ですと、ワイ（私）に注意するんがワレ（あなた）の仕事と違《ち》ゃうんかい！」

播州弁まるだしで声を荒げた。

「まあまあ、そう興奮せずに……」

突然現れた二人の警官にわたしは両側から抱えられた。

「この女、卑怯やないかい！」

意気がってはいたものの、わたしは彼らに両腕をきつく押さえられ、身動きがとれぬ状態で奥の部屋に連れて行かれた。

部屋の周囲は灰色の壁の殺風景な部屋だった。

パイプ椅子に座らされ、テーブル越しに警官から交通規則を諄々と聞かされた。

老獪な警官はなかなか雄弁で、わたしに反論の余地を与えなかった。

結果、わたしは書類に拇印を押させられ、五千円の罰金の交通反則告知書、通称青キップをいただいた。警官とは相性の悪いわたしである。

災難は追い打ちをかけてやってくるもので、家に帰ると母が一万七千円立て替えたから支払えと言う。もうひと月以上も前のことなので忘れていたが、わたしはレコードプレヤーのカートリッジの針交換をメーカーに依頼していたのだった。

カートリッジはドイツのオルトフォン社製のＭＣ型だった。これはＭＭ型と違って針先だけを交換することが出来ず、メーカーに送って交換してもらわねばならなかったのだ。だから依頼してから一か月以上も経って届けられたのだった。

所持金がまた減った次第だ。

えっ？　十万円からの残金が合わないって？　いろいろあるんだよ、おわかりか？　悪友が誘いに来てね、悪所で一万五千円も使ってしまって、一万二千円の手持ちの小遣いもなくなっているんだ。

コートの左のポケットには**ハイライト**と**ダンヒルのライター**が入っている。自慢できることではないが、煙草は高校生のときから吸っていた。当時は森永のハイクラウンチョコレートの箱に中身を入れ替えて持ち歩いていたのだ。

高校三年のとき、家の近くの海岸へガールフレンドを連れて行った。

彼女の名前は北上多恵子。

隣りのクラスの生徒だった。

浜辺から防波堤へ行く途中の岩場で彼女が突然よろめいて、わたしに後ろから抱きついた。とっさに後ろ手で抱きとめ振り返ると、彼女はわたしの学生服のポケットからチョコレートの箱を取り出した。嬉しそうに箱を開け、その中身に驚いた多恵子の顔が今も忘れられない。

わたしたちは受験勉強もいよいよ大詰めというころに出会い、急速に接近した。

授業が終わるとターミナルまでいっしょに歩いて下校した。わざわざ遠回りして歩いたこともある。夜になってから電話で話し、それでも話し足りなくて、勉強を終えた暁方、わたしは多恵子に手紙を書いた。

今は午前四時。大好きな多恵ちゃんに、これから眠らずに手紙を書きます……

手紙は秘かに靴箱の中で交換した。

それでもわたしたちの思いは語りつくせなかった。

正月にはいっしょに初詣に行き、絵馬に志望校を書いて共に合格することを祈願した。

そして休日には、彼女を連れて瀬戸内の海岸へ行った。

わたしたちは冬の冷たい風が吹きすさぶ磯辺の大きな岩場に座り、海を見ながら尽きることなく語り合った。

受験のこと、友人のこと、家庭のこと、将来のことを……。

わたしは多恵ちゃんの冷たい手を握った。


ダンヒルのライターは、友人カズオの形見だ。中学以来の付き合いで、彼とは思春期を共に過ごした。通う高校は違ったけれど、家に帰ればいっしょに遊んだ。夏休みにはいっしょに海で泳ぎ、夜に夜光虫を見に行った。防波堤に座って煙草を吸った。

わたしが大学二年のときにカズオは亡くなった。仕事中の事故だった。吊り上げたベルトコンベアがバランスを崩し、その下敷きになったというが、詳しいことは知らない。

その日の夕方大学から帰ってくると、大家さんが待ち構えていた。

わたしの友達が死んだから、早く帰って来るようにと実家から電話があったという。わたしは慌てて新幹線に飛び乗った。

深夜、カズオの家の前に立つと、庭に張られたテントは白々しく、家の灯りは煌々としていた。

線香の匂いがする玄関に入ると、彼の長兄が出迎えてくれた。

「マナブ君、帰って来てくれたんか」

そう言ってわたしを座敷に案内した。

死者が若いと通夜は厳かで寂しい。親戚の人々もうつむいてあまり話をしない。

顔見知りの人たちに黙礼した。

「マナブちゃん、カズオの顔を見てやって」

そう言って母親が顔に覆われた白い布をめくった。

眠っているようだった。

死んだということがとても受け入れられなかった。

葬儀が終わって数か月経ったころ、カズオの母親からわたしの元に小包が届いた。開けてみるとダンヒルのライターが入っていた。形見分けだという。わたしはカズオが使っていたライターを手にして、涙を流した。

わたしのコートの左のポケットには、ハイライトとダンヒルのライターとともに、恋人と親友が入っている。

ズボンの右ポケットに入っている**肥後守**は折り畳み式の簡易ナイフで、中学以来机の引き出しに入れていた。今ではとても信じられない話だが、肥後守は小学生のときからポケットに持ち歩いていた。

学校ではおもに鉛筆を削ったが、授業中に退屈するとそれで消しゴムを刻み、輪ゴムを指に掛けたパチンコで、斜め前の野郎の頭を狙って弾いてやった。

家に帰れば宿題もせず、山へ行って遊ぶ。山に入れば竹を伐り、木を削るのにだれもが肥後守を使った。わたしたちは細い竹で杉鉄砲を作って撃ち合ったり、瘤竹で刀を作って斬りあいをしたりして遊んだ。殴り合いの喧嘩は茶飯事だったけど、ナイフを手にする馬鹿はひとりもいなかった。

小学四年のとき、わたしは肥後守で怪我をして、右手首を七針縫った。

その日は日曜日で、近所の遊び友達が集まって戦争ごっこをした。

わたしは開戦間もなく捕虜になり、電信柱に縄で括られた。

そのとき我々の隊長だった六年生のアキオさんが助けに来てくれた。

そして、アキオさんは縄と一緒にわたしの手首を切ってしまったのだ。

血を見てわたしは大声で泣き叫んだ。

敵軍の隊長だった隣の家のノボルさんがメンソレータムを塗ってくれたけれど、血が止まらず、傷口を指で摘まんだまままみんなに連れられて家に帰った。

母が慌ててわたしを近所の病院へ連れて行った。

だけどあいにく休日で先生がおらず、電車に乗って隣市《まち》の総合病院へ行ったのだった。

ひと気のない薄暗い廊下を思い出す。

ベンチに座っていてとても不安だった。

その不安ということを当時はわからなくて、「喉が渇いた」と母に訴えた。

「我慢するのよ」と母は言った。

処置室で先生が手にしていた釣り針の様なもの見て、わたしは驚いて泣き叫び、以後の記憶を失っている。

その後の出来事で思い出すのは、帰るとき駅前で回転焼きを買ってもらい、プラットフォームのベンチで食べたことだ。

だから今も右手首の傷を見れば、回転焼きの甘い味を思い出す。


そして、次は**コートの右のポケット**に入っている**ビー玉**たち。なぜそんなものが入っているのか？　これは肥後守以上の説明がいるだろう。

わたしはこの旅に出る直前に、三個のビー玉を机の引出しから取り出してポケットに入れた。それらは幼い時からの宝物で、銀色の小さな箱に入れてあった。そして、それぞれのビー玉のガラスの中には、赤、青、黄色の花弁が入っていた。

わたしには幼いときからビー玉をしゃぶる嗜癖があった。大人になってからも時々思い出したようにしゃぶってみた。そして年を経るにつれ、その行為は形而上学的な意味をもつようになった。

わたしが懐かしく思い出すのは、赤や青や黄色の花弁が入ったビー玉を、公平にしゃぶり分けるために苦労した日々のことであった。

例えば十六個のビー玉を公平にしゃぶるために、わたしがどんな方法を講じたかを、最初から順にくだくだしく語るのは止めておこう。もちろんわたしも十六個のポケットを持たねばならぬと考えた。

幼い頃のわたしにとって神のような庇護者であった祖母がポケットを増やしてくれた。上着には従来のポケットに加えて、左右の胸、左右の脇、そして左右の内ポケットができた。ズボンには従来のポケットに加えて、左右の尻、左右の膝の右と左にポケットができた。合計十六個のポケット。

わたしは十六個のビー玉をそれぞれのポケットに一つずつ入れ、一つのビー玉をしゃぶっている間に、他のビー玉をポケットからポケットへ順繰りに移動させ、すべてのビー玉を公平にころゆくまでしゃぶれるはずだった。

まず、上着の右の胸のポケットからビー玉を取り出して口の中に入れる。それから上着の右の胸のポケットへ上着の右の本来のポケットから取り出したビー玉を入れ、そのかわりに、上着の右の脇のポケットから出したビー玉を入れ、そのかわりに、上着の右の内ポケットから出したビー玉を入れ、そのかわりに、ズボンの右の本来のポケットから出したビー玉を入れ、そのかわりに、ズボンの右の尻のポケットから出したビー玉を入れ、そのかわりに、ズボンの右膝の右側のポケットから出したビー玉を入れ、そのかわりに、ズボンの右膝の左側のポケットから出したビー玉を入れ、そのかわりに、ズボンの左膝の右側のポケットから出したビー玉をいれ、そのかわりに、ズボンの左膝の左側から出したビー玉を入れ、そのかわりに、ズボンの左側の尻のポケットから出したビー玉を入れ、そのかわりに、ズボンの左の本来のポケットから出したビー玉を入れ、そのかわりに、上着の左の内ポケットから出したビー玉を入れ、そのかわりに、上着の左の脇のポケットから出したビー玉を入れ、そのかわりに、上着の左の本来のポケットから出したビー玉を入れ、そのかわりに、上着の左の胸のポケットから出したビー玉を入れ、そのかわりに、口の中でしゃぶっていたビー玉を入れた。

わたしはせっせとビー玉を口に含み、ポケットからポケットへとビー玉をめまぐるしく移動させた。一個のビー玉が、十六個のポケットを一巡する時間は日を追うごとに短くなった。そして、わたしはその時間の短縮に腐心するようになっていたのだった。

やがてわたしは最良の解決策であるはずの十六個のポケットが、実のところわたしを重大な誤りに陥らせていたことに気がついた。というのは、わたしはビー玉を、あらかじめ決めておいた順番どおりに間違いなく十六個のポケットに移していくことに熱中してしまい、舌の上で転がしてあの心地よい感触を味わうことを、ともすれば忘れてしまうことがあったのだ。

本末転倒して、ビー玉を公平にしゃぶり分けるために十六個のポケットを駆使しているのではなく、ポケットからポケットへ順番を間違わぬようにビー玉を移動させることに精神を集中して、その時々に余ったビー玉を口の中に入れてやり繰りしているかのようであった。

わたしは十六個のビー玉を畳の上に並べて、その様々な組合せを想い描いた。

苦悩とは傍らから見れば時として滑稽なものである。

後年、わたしが様々な順列と組合せに敢然と立ち向かった強靭な精神力は、実にこの頃からすでに培われていた。

結局わたしの苦悩の果ての結論も、同じく四つのポケットでやり繰りするという平凡な解決策だった。ただおしゃぶり石と違うところは、ビー玉にはそれぞれに色のついた花弁が入っていたことだ。

そしてこの事実に気付くことによって、わたしの思弁は「数の概念」から「群の概念」へと飛躍したのだった。まさにエヴァリスト・ガロア（注3）に劣らぬ快挙であった。ゆえにそれぞれのビー玉に番号付けするという発想はなくなった。即ち、赤、青、黄色、それぞれの花弁が入ったビー玉を色別の群に分ける。群の中ではそれぞれのビー玉が置換可能であり、ゆえに置換群と呼ばれる。

わたしは畳の上にビー玉を並べ、それぞれ色別の群に分けた。そして、赤い花弁が入ったビー玉は上着の右のポケットに、青い花弁が入ったビー玉はズボンの右のポケットに、黄色い花弁が入ったビー玉はズボンの左のポケットに入れた。上着の左のポケットは空にしておいた。

まず、わたしは上着の右のポケットから赤い花弁が入ったビー玉を一個取り出してしゃぶった。順列も組合せも考えることなく、こころゆくまでしゃぶり続けた。そしてしゃぶり終えると、上着の左のポケットに入れた。次にまた、上着の右のポケットから赤い花弁が入ったビー玉を一個取り出してしゃぶっては、上着の左のポケットに入れた。次にまた、赤い花弁が入ったビー玉を一個取り出してしゃぶっては、入れた。次にまた、一個取り出してしゃぶっては、入れた。こうして次々と上着の右のポケットの赤い花弁が入ったビー玉が無くなるまでしゃぶり続けた。

そして、上着の右のポケットが空になると、わたしは大きく深呼吸をして精神を集中させた。これからビー玉群を移動させるのだ。まずズボンの右のポケットの青い花弁が入ったビー玉を、上着の右のポケットへ、次にズボンの左のポケットの黄色い花弁が入ったビー玉を、ズボンの右のポケットへ、次に上着の左のポケットの赤い花弁が入ったビー玉を、ズボンの左のポケットへと移動させた。

そして、再び上着の左のポケットが空になると、わたしは上着の右のポケットから青い花弁が入ったビー玉を一個取り出してしゃぶり始めた。しゃぶり終えると上着の左のポケットへ、次から次へと入れていった。

青い花弁をすべてしゃぶり終えると、ポケットからポケットへ再びビー玉を移動した。そして次に上着の右のポケットの黄色いビー玉をしゃぶり始めた。しゃぶり終えると上着の左のポケットへ。次から次へ、ポケットからポケットへ、赤い花から青い花へ、青い花から黄色い花へと、ガルシンからノヴァーリスへ、クノーからコルタサルへとしゃぶり続けた。ビー玉はまんべんなく公平にしゃぶられた。

わたしはこの循環にかなり満足だった。ビー玉は舌の上で心地よく、わたしは至福の時間を味わった。

こうしてビー玉が上着の右のポケットから口を経て上着の左のポケットへすべて入り、ズボンの右のポケットから上着の右のポケットへすべて入り、ズボンの左のポケットからズボンの右のポケットへすべて入り、上着の左のポケットからズボンの左のポケットへすべてが入る。この間ひとつひとつのポケットは順番に空になった。そしてこのビー玉の循環は、血液が肺臓をもつ大きな動物の心臓の四つの部屋を循環するのと等価であった。解剖学の知識はあった。

しかし、それが最終の解決策ではないことがやがてわかった。

それは突然訪れた。イザヤでもエレミアでもない。わたしはそれを悟りと呼ぶ。即ち、わたしの思弁に「空の概念」が生まれたのだ。玉即是空、空即是玉。わたしはこの悟りによって、ビー玉の色別の群を解体した。そして、群の置換、或いは移動という雑事に煩わされなくなったのだった。

わたしが最終に到達した方法を説明しよう。

まず、わたしは十六個のビー玉を花弁の色に関係なく三つの群に分け、それぞれを適当かつ気紛れに三つのポケットに分けて入れた。例えば五個のビー玉を上着の右のポケットへ、次に七個のビー玉をズボンの右のポケットへ、残りの四個のビー玉をズボンの左のポケットへ入れたのだった。

そこでわたしは精神を集中させ、上着の左のポケットが「空」であることを強く認識した。そして、上着の右のポケットからビー玉を一個取り出してこころゆくまでしゃぶってから、上着の左のポケットへ入れた。次にまた、上着の右のポケットから一個取り出してこころゆくまでしゃぶってから、上着の左のポケットへ入れた。次にまた、一個取り出してこころゆくまでしゃぶってから、入れた。

それを次々に繰り返し、上着の右のポケットが空になると、再び精神を集中させて、上着の右のポケットが「空」であることを強く、さらに強く認識した。そして、ズボンの右のポケットからビー玉を一個取り出してこころゆくまでしゃぶってから、上着の右のポケットに入れた。次にまた、ズボンの右のポケットから一個取り出してこころゆくまでしゃぶってから、上着の右のポケットに入れた。次にまた、一個取り出してこころゆくまでしゃぶってから、入れた。

次々に繰り返してズボンの右のポケットが空になると、三たび精神を集中させて、ズボンの右のポケットが「空」であることを強く、強く、さらに強く認識した。そして、ズボンの左のポケットからビー玉を一個取り出してこころゆくまでしゃぶってから、ズボンの右のポケットに入れた。

こうして、上着の右のポケットから口を経て上着の左のポケットへ、ズボンの右のポケットから口を経て上着の右のポケットへ、ズボンの左のポケットから口を経てズボンの右のポケットへ、上着の左のポケットから口を経てズボンの左のポケットへとビー玉は循環していった。そして、ビー玉の流れに逆行して「空」は移動していった。それは電子の流れに逆行して電気が移動するのと等価であった。物理学の知識はあった。

さて、「群の概念」を導入し、「空の概念」を獲得したことによって、わたしのおしゃぶりはほぼ完成の域に達した。さらにわたしは修養を続け、ついには「空」を認識することなくビー玉をしゃぶりつづける境地に達したのだった。わたしは「空」を忘れ、時としてビー玉を忘れた。わたしはビー玉のおしゃぶりを楽しみながら、ポケットの中のビー玉を弄ぶことさえできるようになった。そして、このポケットの中の悪戯は、わたしの終生の性《さが》となったのだった。

わたしはこの方法でおしゃぶりをずいぶん長い間楽しんだけれど、おしゃぶりの意味についてはついぞ考えたことがなかった。それをわたしに教えてくれたのはウィリアム・ギャスだ。『ブルーについての哲学的考察』がそれだ。そのなかで繰り広げられるギャスの奔放な躍動する想像力に圧倒され、ブルーに喚起された文学のパノラマにわたしは酔い痴れた。そして、例えば深夜密かに自慰をするように、この三個のビー玉を取り出してしゃぶったのだった。

ビー玉の話になるとつい力が入ってしまった。わたしの**コートの内ポケット**では**万年筆**が自分の出番はまだかまだかと待ちあぐねていた。

右手に海が見え始めた。

海面がキラキラと光っている。

船が見える。

その向こうに大きな島が見える。

自転車は快調に走っている。

始めよう、万年筆の話を。

その万年筆はタカアキ叔父さんに買ってもらったものだった。大学の入学祝に腕時計を買ってやると言われたが、時計は従兄に買ってもらう約束だから万年筆をねだった。

わたしたちは連れ立って百貨店へ行った。そして、モンブランの万年筆を買ってもらった。国産のパイロットでもセーラーでもなく、舶来の、それもパーカーやシェーファーでなく、モンブランを選んだことに叔父さんは大満足だった。

タカアキ叔父さんはこのとき初めてモンブランという銘柄を知った。そして、彼はわたしにモンブランの万年筆をプレゼントしたことを親戚中に吹聴して回ったのだ。あたかも自分が目利きして選んだかのような口ぶりだった。

わたしは中学生のときから万年筆を使用していた。

三年生になって数学のノートを万年筆で書き始めた。

書き間違ったところは消しゴムで消せないので斜線で消した。

ノートは汚くなったが気にしなかった。

そして徐々に斜線は少なくなった。

この方が頭の中で数式を整理しながら書くので、計算は正確になり、成績もあがった。

そして計算式の表記も徐々に美しくなっていった。

ところが数学の先生はわたしの青いインクで埋められたノートを見咎めた。

わたしが数学のノートを万年筆で書くのは、わたしが数学という学問をなめているというのだ。

数学ではたえず計算をしながら数式を展開していくので、仮の計算や書き間違いを消さねばならなくなる、ゆえに必ず鉛筆でノートを書かねばならぬと先生は持論を語った。

もちろんそうだ。

それはノートの斜線が示している。

そして、次の授業でもわたしが改めず万年筆で書いているのを知った先生は烈火のごとく怒り、持っていた教科書で机の上のわたしのノートを散々に打擲した。

わたしは反論も出来ず、先生の暴言をあたまの上から聞いた。

いま思えば、他の先生のようにわたしを殴らなかったので、彼は野獣ではなく紳士であったと認めよう。

しかし、彼はわたしを教室から追い出し、廊下に立たせた。

彼はこれまでにもわたしに様々な因縁をつけて、わたしを廊下に立たせた。

宿題をしてきていない。

「わたしだけじゃない」と言い返すと、「オマエが代表じゃ！」と言われた。

授業中に隣りと話をしたと、廊下へ追い出された。

隣りの席の女生徒はお咎めなし。

廊下では通りがかった音楽の先生が、わたしを軽蔑したような眼でにやりと笑った。

そうだ、わたしは中学のとき数学を廊下から窓越しに勉強したのだった。

そして、先生はわたしの通信簿に、「数学への関心・態度」の項目に×（バツ）を付けたのだった。

わたしは数学のノートを再び鉛筆で書くようになってから、数学を勉強するのがアホらしくなり、数式は乱雑になった。

高校に入ってからは、わたしの数学の答案用紙で解答を辿るのに苦労すると数学の教師は嘆いた。

そして、ついには教師がわたしの解答を見出すことができず、減点されたこともあった。

これではいけないと反省し、二年生になってからは再び数学のノートを万年筆で書き始めた。

頭の中で慎重に計算し、簡潔に数式を展開していくので、わたしのノートは正確で美しいものになった。

教師は万年筆で書かれたわたしのノートをみんなに紹介し、試験でのわたしの答案は模範解答であると褒めてくれた。褒められて、嬉しくて、ますます数学を勉強した。

わたしはこのとき先生にも資質があるものだと知った。

自転車は右側に海を見て、国道を軽快に走って行った。

トラックや乗用車が相変わらずわたしを追い越してゆく。

潮風が頬に気持ち良い。

しかし、それらは表向きに過ぎず、わたしはまだ見ぬ未来を前にして、目に見えぬたくさんの過去を引き摺ってペダルを漕いでいたのだった。


喉が渇き、腹が減っていた。

早朝に出発してから、何も食べていない。

そして、食べていないと思い始めたら余計に空腹を感じる。

先程自らの財産目録に夢中になっていたときはまったく感じなかったのに、ひとたび意識が胃袋の存在に気がつくと、腹が減って今にも倒れそうな気分になってきた。

そうなれば周囲の景色などまったく目に入らず、ハムエッグが脳裏に浮かび、分厚いバタートーストが眼前にちらつく。

人間の身体とはまことにもって勝手なものだ。

それにしても、いま何時ごろだろうか。

時計がないから正確にはわからない。

太陽の位置から推測すると、おそらく午前九時を過ぎたころではないか。

するとここに僥倖を願う心が体現され、わたしの前方に三角形の尖った屋根が見えた。薄茶色の瓦に白い壁、まさしく喫茶店であると推測できた。

駐車場には車が三台停めてあった。

自転車が二台。

駐車スペースはまだまだある。

律儀にも先客の自転車の隣に停めた。

荷台の箱の蓋を開けてマルクスの様子を覗う。

マルクスは眼を閉じたまま静かにうずくまっている。

腹で小さく息をしている。

白い鼻汁を、身体を包んでいるタオルの端で拭ってやった。

マルクスはどんな夢を見ているのだろうか。大好きなウサギのぬいぐるみを銜えて居間を駆けまわったこと。スリッパを銜えてわたしと引っ張りあいをしたこと。庭を駆けまわってゴルフボールをわたしの前に並べたこと。或いは、わたしの知らぬ彼の母親。母の乳房を銜えた幼い日々。わたしはマルクスが幸せだった日々を夢に見ていることを願った。

母からは。……神には敬虔、ひとにはもの惜しみせず、またたんに邪悪な行いを慎むのみならず、心のうちにそれを思うことさえ憚《はばか》る心を。（一・三）

ドアを開けて中に入ると、左手のカウンターに新聞と週刊誌が並べてある。

新聞は「日本経済新聞」しか残っていなかった。

窓側のテーブルに座った。

ちょうどわたしが停めた自転車が見える。

ウエイトレスが後を追うようについてきて、水とおしぼりを置いた。

モーニングセットを注文した。

店内はモダンジャズの音楽が流れている。

席は半分くらいふさがっている。

独りで新聞を読んでいる客が多い。

奥の部屋からは賑やかな話声が聞こえてくる。

わたしは刻んだキャベツを食べ、トマトを一切れ食べ、アーモンド・トーストを食べた。

そして、珈琲を飲む。

あっという間に食べてしまった。

皿にはゆで卵が残っている。

ていねいに殻をむいていただいた。

隣のテーブルの客が「サンケイスポーツ」を置いたまま立ち去ったので、素早くそれを手に取って読んだ。

一面は阪神タイガースのキャンプの状況を大きく報じている。就任二年目の吉田監督はキャンプ直前に江夏豊を南海に放り出し、江本孟紀と交換した。面白いことをしてくれた。阪神がこける予感がする。今年の阪神の外人選手はブリーデンとかラインバックとかいうらしい。巨人のジョンソンみたいな役立たずだったら面白いのに……。

「報知新聞」がどこにあるのか、あたりを見回した。わからない。読みたい。わが巨人軍はどうなっているのか……。また「サンスポ」に目を移すと、優勝、優勝と言葉が躍っている。この時期のスポーツ新聞が一番面白い。まるで遠足に行く前の小学生のように心が躍《おど》る。

一面から二面へ目を通したあと、次は後ろのページに移る。芸能欄のゴシップ記事を読む。そして次のページ。めくると中央のヌード写真が目に入る。「サンスポ」を読む男たちはこのページがメインの記事なのだ。まず、はちきれそうな女体を鑑賞する。「七つのまちがいさがし」の絵に挑戦する。これには少し時間がかかった。風俗の広告や、男性の元気の広告に丹念に目を通す。そして、最後にエッチな小説を読む。

ところがこの日は左の隅に、「あなたなら、何回やれる？」という見出しが目に入った。もちろん女性と**《チョメチョメ》することとなのだが、この記事ではある男性が連続で十二回致したと興味深く報告していた。十二回？　当然休息もしたと思う。強力なドリンク剤も飲んだことだろう。それにしても豪の者だ。確認或いはカウントするために第三者が傍らにいたはずだ。それでも起つ。超男性。いうなれば白昼堂々と**《チョメチョメ》したわけだ。敢えて非難を怖れずに言えば、これはもうスポーツの分野に入るのではないか。

わたしがこの記事に興味をもったのは、ある小説による知識があったからだ。エロ小説ではない。れっきとした純文学である。二十世紀文学の前衛であるシュルレアリスムの叢書の一冊、アルフレッド・ジャリ著『超男性』（白水社）だ。

その中で、主人公はラブレーが語る「テオフラストのインド人」がもつ七十回という記録を打ち破り、八十二回行ったという。そして、彼の性的持久力を試すために作られた《愛をもよおさせる機械》によって、一瞬のうちにやり殺された、とジャリは報告した。ジャリはアブサンと酢を半分ずつ混ぜ、それにインクを一滴垂らして飲んでいたという。アル中で、慈善病院で死んだそうだが、死因は結核性脳膜炎だったらしい。

アンドレ・ブルトンは言った。

「ジャリはアブサント酒においてシュルレアリストである」

そんな奇人だが、彼が遺した戯曲『ユビュ王』は二十世紀の不条理演劇に大きな影響を与えた。

そんな話を思い出した。

わたしは新聞をたたんで立ち上がった。

体力・気力が甦ったせいか、世界が違って見える。

レジで百五十円支払って喫茶店を出た。

「さあマルクス、出発だ！」

わたしは段ボール箱を叩いて元気よく声を掛けた。

再び国道を走る。

胃袋が膨れると頭が軽くなり、気分がよくなった。

ペダルも軽く、自転車は速度を増してきた。

今やわたしの脚となった前後の車輪は力強く回転した。

半人半輪が快走する。

再び海岸線に出る。

右手の海を航行する船は止まったように見える。

のどかな海。

わたしの左側には線路があった。

省線電車。

ところが、そこを走る電車どもが無礼にもわたしを追い抜いて行く。

次々に電車がわたしを抜いて行く。

わたしはいささか頭にきた。

わたしは機関車を相手に自転車で競争した男たちの物語を思い出した。先ほどの『超男性』の中の話だ。

その五人乗りの自転車には、男たちの左右十本の脚がアルミニウムの棒で連結され、ペダルに固定されていた。彼らは永久運動食を食べ、パンツの中に大小便を垂れ流しながら、特別急行列車と一万マイル競走を行った。

近代科学がようやく現代に脱皮しようとしていたころ、人間がまだまだその力を誇示していた時代の話だ。言い換えれば、科学が人類に夢を与えていた時代と言ってよい。環境汚染も、オゾンホールも、地球温暖化も知らないころ、五人乗りの自転車は当時の科学の粋であった特別急行列車に勝利をおさめたのだった。この夢の五人組の一人は、自転車にはりついていて、死んでしまってもペダルを踏み続けていたという。

そしていま、わたしの傍らを上りの快速電車が走って行く。

無礼にもわたしを追い抜こうとするではないか。

闘志がムラムラと湧いてきた。

これからこいつと勝負をしてやる。

無謀な、と言うなかれ、良識《ボン・サンス》なんぞ一行目からなかったではないか。

新幹線でないのが相手としては不足だが、ここはひとつ前哨戦と思ってやってみよう。

わたしはゴーグルをつけ、頭を低くして、力強くペダルを漕ぎ始めた。

自転車はぐんぐん加速する。

わたしの脚はピストンのように上下した。

車輪は煙をあげて回転する。

電柱が飛ぶように後方へ去っていく。

家々も後方へ流れていく。

やがて快速電車は引き戻されるように後退し始めた。

わたしと電車は並走する。

電車に乗っている人々は誰もそれに気がつかない。

わたしの気分はドン・キホーテ・デ・ラ・マンチャ、愛馬ロシナンテ号に跨って駆けて行く。

「あいや、待たれい、連銭葦毛の駿馬に跨り、黄金の兜を頭にいただいて拙者の前を駆ける騎士、いざ、尋常に勝負せん。われこそは遍歴の騎士ドン・キホーテ・デ・ラ・マンチャ、汝と一騎打ちによって、汝が命をもらい受けんとする、天下無双の騎士なるぞ！　いざ、勝負におよべ！　なに、逃げるとは卑怯千万、武士《もののふ》の風上にもおけぬ不逞の輩、身共の槍の餌食にして遣わさん！」(注4)

自転車はガードレールを跳び越えた。

庭を通り抜け、畑を駆けて行く。

看板、ガレージ、文化住宅、邪魔する奴らは蹴散らすぞ！

快速電車も負けじと加速する。

次々駅を通過する。

信号を無視し、踏切の遮断機が降りる間もなく通り抜け、狂ったように警笛を鳴らして追って来る。

ここに快速電車の運転手、大音聲《だいおんじょう》を揚げて申されける。

「遠からん者は音にも聞け。近からん人は目にも見給へ。国鉄には隠れなし。運転手の中に筒井の浄妙明秀とて、一人當千の兵《つはもの》ぞや。我と思はん人々は、寄り合へや。見参せん」（注5）

快速電車と自転車は、抜きつ抜かれつ並走した。

一進一退を繰返す。

電車の中の乗客は、新聞読む奴、週刊誌読む奴、本読む奴、欠伸する奴、居眠りする奴、自慢話する奴、悪口言う奴、くしゃみする奴、屁をこく奴、汚職する奴、不倫する奴、財布を掏る奴、掏られる阿呆、乳触る奴、尻《けつ》触る奴、有象無象が犇《ひしめ》いていた。

おや？　薩摩守忠度も素知らぬ顔で紛れているぞ。

快速電車はそんな奴らをすし詰めに、ヒステリックに驀進《ばくしん》する。

自転車は柵を越え、塀を跳び越え、堀を越え、或いは家の中を駆け抜け、屋根の上に駆け上がり、高いビルディングもひとっ跳び！

快速電車なにするものぞ、ロシナンテ号が駆けて行く。

山を越え、谷を越え、野を駆け、河を渡り、海に潜り、空を飛ぶ。

快速電車もレールを離れて追って来た。

まさに一騎打ちの様相だ。

峠を越えると一直線の下り坂、ここで一気に引き離す。

足も折れよと、力一杯ペダルを漕いだ。

直滑降さながらに駆け降りた、と思いきや、自転車は砂利（ジャリ）にハンドルを捕られて転倒し、わたし身体はパタフィジカルな軌道に乗って宙を舞い、地に落ちた時に指（ユビュ）を怪我した。

「Merdre!（クソッタレ！）」

現代芸術はこの言葉によって幕が開けられた。以後、演劇は条理を失い、絵画は具象を失い、音楽は旋律《メロディ》を失い、文学は物語を失い、わたしはしばらく気を失った。

気がつくと、わたしは砂浜に横たわっていた。

目の前に自転車が倒れている。

後輪がこちらを向いて回転している。

それを見ていると、意識がもとに戻ってきた。

ここはどこだろう？　あたまの中がもやもやして、ぼんやりしている。

しばらく自転車の錆びた車輪を見ていた。

起き上がってみると、海が見えた。

波が打ち寄せている。

波の音が耳に心地よく、海からの風がさわやかだ。

一面に広い海。

海以外になにもない。

島がない。

船も浮かんでいない。

ここはどこだろう？

海の上に空がある。

空は抜けるように青く、白い雲が浮かんでいる。

わたしは何をしているのだろう？

指が痛いので見ると血が出ていたので、口に含んで舐めとった。

踝《くるぶし》も痛い。

周囲を見回してみると、国道も線路もない。道がない。緑の草原と碧い海原、それを縁取るように白い砂浜がどこまでも続いている。そして背後には、遠くに山並みが見える。だれもいない。人がいない。電車も自動車も忽然と消えてしまった。文明のかけらもない。先程までの喧騒はいったいどこへいってしまったのか。異次元の世界へ足を踏み入れてしまったみたいだ。自分がいまどこにいるのかわからない。

自転車の近くに段ボール箱が転んでいた。

犬の身体が半分投げ出されている。

マルクス！

一瞬にしてすべてを思い出した。

わたしはマルクスと旅をしていたのだ。

「マルクス、だいじょうぶか？」

わたしは優しく声をかけながら近づいた。

するとマルクスは箱から勢いよく飛び出して、海岸の方へ走って行った。

そして、途中から引き返して来て、早くおいでと言わんばかりにわたしに向かって吠え続けた。

わたしはマルクスに導かれるようについて行った。

ポケットからアルタスの五番を取り出して砂浜でキャッチボールをした。

ゴルフボールを放り投げると、マルクスはそれを銜えてわたしの元に戻ってくる。

嬉々として戻ってくる。

また投げる。

喜び勇んで駆けて行く。

ボールを銜えて戻ってくる。

また投げる。

また銜えてくる。

それを何度も繰り返す。

わたしはマルクスを捕まえようとした。
するととつぜんマルクスはわたしの手の中で消えた。
足元を見ると、マルクスは箱から飛び出た状態で横たわっていた。
わたしはマルクスを抱きかかえ、タオルに包まれた身体を砂浜に横たわらせた。
マルクスは何事もなかったかのように静かに眼を閉じて息をしていた。
わたしは自転車を起こし、壊れたところがないか点検した。
少し錆びたハンドルもペダルも異常なさそうだ。
タイヤもスポークも曲がっていない。
前の籠が歪んでいたので、両手で掴んでそれを直した。
わたしはマルクスを再び箱に戻して紐をかけた。
そして林檎、どこで手に入れたのかわからぬ林檎を拾って自転車の籠に入れた。
そして、自転車のスタンドを立て、波打ち際まで歩いて行った。
砂浜を歩くときのザックザックという靴の感触が嬉しかった。
水際に立つと、波が規則的に足元に伸びてきて、時々靴を濡らした。
砂浜はどこまでも続いている。
わたしは濡れた砂浜を歩き始めた。
この始まりもなく終わりもない浜辺を、自らの人生をなぞるように歩いてみた。

振り返ってみると、砂浜にわたしの歩んだところだけ足跡が残っていた。

しかし、その初めの部分はすでに波に洗われて消えかかっていた。

やがてわたしの足跡のすべてが、時間という波に洗われて消えてしまうだろう、跡なきがごと。

行き行きて　倒れ伏すとも　萩の原

わたしはコートを脱いで、靴と靴下を脱ぐと、ズボンを膝まで捲《め》くって海の中へ入っていった。

痺《しび》れるような冷たさだ。

おかげで踝の怪我も気にならない。

海水は文明の汚れを知らず、透明で、無垢だった。

水底はまばゆく揺らめいている。

わたしは海水を両手で掬《すく》って何度も空中に撒き散らした。

海水は風に煽《あお》られ、太陽の光を受けて、まるで宝石が舞い散るように煌めいた。

それを何度も試みた。

海から出ると、コートと靴を手に持って、裸足で砂浜を歩いた。

冷たい砂の感触が足の裏に気持ちよく、一歩一歩踏み締めるように歩いてみた。

そして、自転車のところまで戻ってくると、砂浜にコートを敷いて坐り、遥かに広がる海を眺

料金受取人払郵便

長野東局
承認

592

差出有効期間
令和7年8月
31日まで
(切手をはらずにご投函下さい。)

郵便はがき

381-879

長野県長野市
柳原 2133-5

ほおずき書籍㈱行

郵便番号 □□□-□□□□

ご住所 都道府県 郡市区

電話番号 (　　　) 　　ー

フリガナ

お名前

年齢 　歳

性 男

ご職業

メールアドレス

新刊案内メール

□希望する □い

▷**お客様の個人情報を保護するため、以下の項目にお答えください。**

○このハガキを著者に公開してもよい➡(はい・いいえ・名前をふせてなら

○感想文を小社webサイト・パンフレット等に公開してもよい ➡(はい・いいえ) ※匿名で公開され

愛読者カード

イトル	
書店名	

購読ありがとうございました。
書についてのご意見・ご感想をお聞かせ下さい。

の本の評価　　悪い ☆1 ☆2 ☆3 ☆4 ☆5 良い

んな本があったらいいな」というアイディアや、ご自身の
計画がありましたらお聞かせ下さい。

書を知ったきっかけをお聞かせ下さい。

聞・雑誌の広告で（紙・誌名）＿＿＿＿＿＿＿＿＿＿
聞・雑誌の書評で（紙・誌名）＿＿＿＿＿＿＿＿＿＿
レビ・ラジオで □ 書店で □ ウェブサイトで
社DM・目録で □ 知人の紹介で □ ネット通販サイトで

社出版物でご注文がありましたらご記入下さい。
送料がかかります。※3,000円以上お買い上げの場合、送料無料です。
ネコヤマトの代金引換もご利用できます。詳しくは☎(026)244-0235
お問い合わせ下さい。

トル＿＿＿＿＿＿＿＿＿＿＿＿＿＿＿＿　＿＿＿＿冊

トル＿＿＿＿＿＿＿＿＿＿＿＿＿＿＿＿　＿＿＿＿冊

めた。

大きな波が泡を立てて押し寄せては、引いていく。

まるで世界の果てにいるようだ。

「海が青いのは、空の青さが映っているからなのね」

突然多恵子の声が聞こえてきた。

瀬戸内の小さな磯辺で彼女は言った。

「でも、海と空とは、何処まで行っても交わることがないのよね」

今も変わらず寄せては返す波。

それを見ていると涙があふれてとまらない。

過去の思い出ばかりが去来する。

現実の生活を捨て、マルクスと新しい明日を生きようとしているのに、わたしは膨大な記憶を引き摺って生きている。わたしの背後には、まるで幽霊のように過去の記憶がのしかかっている。

過去とはいったい何なのか。時間とはいったい何なのか。

海は何も答えず、規則正しく波が打ち寄せている。

わたしは傍らの砂を弄《もてあそ》び、何度も掬った。

砂は指の間からさらさらと流れた。

わたしはポケットからビー玉を取り出した。

5

白い館

旅を続けるほどにわたしの姿はあきらかにやつれていった。わたしの身なりはもちろんのこと、身体的にも衰え、また精神的にも衰弱していた。

コールテンのズボンはよれよれになり、コートは泥まみれであちこちが破け、黒いセーターも綻《ほころ》びがひどく、穴が開いていた。ペダルを踏む脚は度々の転倒で痛められ、元々傷のある踝《くるぶし》は悲鳴をあげた。脚の力も弱くなり、ちょっとした坂道でも自転車を降りて押さねばならなかった。

公園のベンチに横たわって星空を見ていると、宇宙の中の銀河系、太陽系、地球という壮大な空間の中で、自らの居場所が測れなくなり、わたし自身が危うくなった。

マルクスが眠っている段ボール箱はすでにその四角な形が崩れ、破れをなおすために貼られたクラフトテープによって異形の姿になっていた。わたしはときどきその箱を開いた。マルクスは眼を閉じて静かに眠っていた。汚れた身体が臭っている。目の周りにこびり付いたヤニを濡れたタオルで拭き取ってやった。

マルクスはどんな夢をみているのだろうか。彼は生まれて間もなく父親を喪った。敬虔な母親に育てられ、兄弟たちと過ごした無邪気な日々。そして、彼は養子に出される。彼がどこで育ったか、わたしは知らない。しかし、彼が育ちの良い素直な性格、深い教養の持ち主であったことは、彼がわたしの父に拾われてわが家に来たときから推察された。

彼はいまその頃のことを夢見ているのだろうか。わが家に来るや、彼はすぐに帝王の位に着き、居間にある籐の玉座に座った。彼は父に経済を任せ、母に身の回りの世話をさせた。そして、わたしは彼の侍従となって付き従った。

朝はまず帝国の巡遊を行った。わたしが寝坊して遅れると、庭で待っていた彼はわたしに向かって「遅いワン！」と吠えた。わたしは恐る恐るリードを差し出し、彼のベルトに固定した。彼はわたしを従え、自らの帝国を巡察した。

彼は電柱、駐車場の金網、人形の看板等に丁寧にマーキングしていった。そして、彼の帝国を犯す不逞の輩がいると気付いたとき、彼はその証拠がある電柱に対して俄に攻撃的になった。周囲を嗅ぎまわり、何度もマーキングした。

ある日、その敵が判明した。巡回中にばったり出くわしたのだ。相手は年配の女性に引かれたゲルマン系のポメラニアン、可愛い犬だった。彼はその犬のお尻を散々に嗅いだ。わたしたち人間の方も互いに面識がなかったので、その間天候などの挨拶を交わして間を持たせた。早朝ののどかな光景だ。

ところがマルが突然吠えだしたのだ。わたしは慌ててリードを引いた。相手の女性もすぐに犬の名前を呼んで抱き上げた。わたしはマルを引き摺りながら後ろ足で歩き、彼女に何度も会釈してその場を去った。
私は、自然に従ったもろもろのことをつぎつぎに体験しつつ、やがて斃《たお》れ、永遠の眠りにつき、そして万事は止《や》む。（五・四）
わたしはマルクスが眠る箱を手厚く守るように押さえて自転車を押した。

この旅に出るとき、わたしは裕子に「自分探し」の旅をすると言った。この言葉は霊験あらたかで、その後も様々な人々に言ってみたところ、ほとんどの人たちがこの言葉に納得し、頷いた。わたしは何か崇高な目的をもって旅に出ようとしている気分になった。

「自分探し」、本来は現在の自分に満足できなくて、自己実現したい自分が何であるかを探し求める旅であると思う。ところがわたしにはそんな意図はまったくなく、病を得たマルクスを連れて旅に出ただけだった。しかし、この旅を続けている間に、必然的にわたしは「自分＝わたくし」について考え、見つめなおす機会が多くなった。

わたしはわたしである。これまで抱いていたこの言葉に対するゆるぎない確信が、旅を続けることによって、徐々に変化していったのだった。

ある日雑踏の中を歩いていて、ふと、主語であるわたしと、述語であるわたしの間に読点があることに気がついた。「わたしは、わたしである」と。このことによって、わたしは、初めてわたしを認識した。これまで「主語であるわたし」と、「述語であるわたし」のあいだにすき間、いや切れ目があるなどとは思いもよらなかった。言い換えればわたしは、「主語であるわたし」と「述語であるわたし」の切れ目を、何も気づかずに平気で跨《また》いで生きてきた。しかしこの切れ目に気づき、旅の途中でもときどき立ち止まり、この僅かなすき間を覗くようになったのだった。そして、やがてその切れ目が意外に深いものであると知った。

さらに旅を続けるにしたがって、わたしはその切れ目をより深く覗けるようになり、ついには、「主語であるわたし」と「述語であるわたし」のあいだには、めくるめく深淵が横たわっているのがわかった。言い換えれば、自同律に懐疑をもった。

例えば砂浜に座って、広い海を眺めながら、ぼんやりと、何も考えずに過ごす。これまでも休日に海岸に出かけ、何度もおこなった行為だった。そのときは再び日常にもどるために、いつも一時間くらいでその行為を切り上げてしまっていた。しかし、今回の旅は日常から逃れる旅だったので、わたしは何時間も、或いは何日も海を眺めつづけた。

ぼんやりと、何も考えずに……。しかし、何も考えずに、と言ったところで、次々に雑念が湧いてくる。様々な想念が頭をよぎる。過去のこと。家族、友だち、恋人。仕事、趣味、音楽、そして文学……。それら湧き出る想念が枯渇し、頭をよぎらなくなるまで、海を眺めつづけた。

「無」、といえば表現はよいが、それがどんなものだかわからない。ただただ広い海を前にわたしがいるだけになる。海と対峙するわたし、そして、そのわたしを意識するわたしがいる。わたくしがいる。わたしは……、わたくしである。

また、ターミナル駅の近くの繁華街で、道行く人々を眺めたこともあった。

地下街の入口の延石《のべいし》に座って、何本も煙草を吸った。

わたしの前を歩く人々、男性も女性も、壮年の人も青年も、コートを着た人もジャケットの人も、リュックを背負った人もキャリーバッグを引いた人も、それぞれの特徴が際立つことなく彼らは雑踏に紛れてしまう。

試しにわたしの目の前を通った赤い野球帽を被ったグリーンのブルゾンの男を目で追ってみた。わたしの前を颯爽と歩いた男は、人々と共に流れるように歩き、人々と交錯し、すぐに群衆の中に紛れてしまい、わたしは彼を見失った。

次は白いコートの若い女性を追ってみた。興味をもって目で追ったにもかかわらず、すぐに彼女を見失った。

煙草に火をつけて、またしばらく雑踏を眺めた。わたしはふと立ち上がって目の前を通り過ぎたグレーのブレザーを着た男の後を追うようについて歩く、そんな自分の姿を頭に描いた。わたしは男を追ってどんどん歩いて行く。人々にまみれ姿が小さくなっていく。わたしを見失うぎりぎりのところで、わたしは向きを変え、こちらへ帰ってきた。

今度は黒いコートの女性と並んで歩く。わたしが帰ってくる。だんだん大きくなる。わたしはわたしの前まで戻ると、再び向きを変え、向こうへ歩いて行く。わたしが小さくなり、わたしを見失いそうになる。そして、再び戻ってくる。それを何度も繰り返した。

そうするうちにだんだん不思議なことがわかってくる。わたしは他者とともに、他者に紛れて歩いているうちに、そのわたしが徐々にわたしで無くなっていくように思えてくる。不思議なことだ。混雑する人々の中で、わたしが、わたしでなくなっていく……。わたしは……。

わたしの一日の旅程は徐々に短くなっていった。目的がある急いだ旅ではないので気にすることではないけれど、ペダルを踏む力が弱くなり、自転車のスピードは落ちた。

わたしの体力の低下はおもに食事事情によるものだ。この旅が思った以上に長くなり、路銀も乏しくなっていた。喫茶店のモーニングサービスを食べるなんて、思い返せば贅沢の極みであった。今は一日一食に抑え、時としてはどこかタダで食べられるところはないかと、スーパーの試食コーナーを探し求めて徘徊した。それさえありつけない時は、駅舎のベンチに座って行き交う人々を眺めながら、それまで家庭というオブラートに包まれて生活していたことをひしひしと感じた。

ひとたび家を出るや、世間を吹く風は厳しくなり、容赦なくわたしの身をすさませた。道行く人々がわたしを見る眼が違ってきた。わたしは人々から蔑《さげす》んだまなざしで見られるようになった。幼いときから祖母に守られ、そのような眼で見られたことがなかったので、辛かった。

泥にまみれたコート、裾の破れたズボン、そして何日も風呂に入ってない身体、なるほどわたしの姿は以前のわたしとは違う。街の様子をうかがいながら自転車を押して歩いていて、道行く人々のそんな蔑むまなざしに耐えられなくなると、わたしは再びサドルに跨って、一目散に街の中を駆け抜けた。

夜に眠る場所も変わっていった。夕方になると、ねぐらを探すのがわたしの日課になった。遠い祖先がサバンナでしていたように。

夏のころはよく公園のベンチに毛布を敷いて寝転んだ。夜空に遠く星々が輝いていた。そんな時わたしは知っている星座や星を探した。

ベンチに横たわり夜空を見ていると、十字架の形をしたはくちょう座のデネブがすぐに見つかる。そして天の川の両側に彦星と織姫星、わし座のアルタイルといっそう明るいこと座のベガが見つかる。夏の大三角形を見つけてしばらく夜空を楽しんだ。この星々から連想して、他の星を探しながら広大な宇宙の広がりに想いを馳せ、しばらくその想いに酔ってから健康な眠りに落ちた。そんな眠りをしたよく朝は、蝉の賑やかな鳴き声で目が覚めた。しかし、精神が衰弱してくると、ことは良い方に向かわない。時としてこの宇宙の広大さに比較して、自らの存在の卑小さに思いいたるのだった。

わたしが横たわるベンチは町の公園の片隅にあり、昼間彷徨《さまよ》ったその町に想いをいたす。その町まで来るのに通った道から、海岸線を思い、わたしが自転車で来たルートに想いを馳せる。わたしがいるところは、ベンチから町、町から県、さらに日本国へと想いを拡げる。そしてその想いは徐々に大きくなり、地球規模となり、月を含む惑星系、太陽系、銀河系、銀河団へと広がっていく。そのころになると、わたしの地球はけし粒にも満たない。そしてわたしの国、いやわたしの今いる町、さらにこの公園のベンチなどは霧消してしまっているのだ。そのときのわたし、わたしはどこにいるのか？　わたしの意識が百三十六億光年に広がる宇宙に拡散してしまったがゆえにわが身体を見失ったのか、その広がりから急速に収束したがために点となって消失したのか。いまここにあるはずのわたしの存在が、存在するという認識がゆらいでくる。わたしはどこにいるのか？　わたしと思うこのわたしは、わたしであるのか？

そんな思いで眠れぬとき、わたしは公園の水銀灯の下へ行って『イーリアス』を読んだ。そう、本を読むことはこの旅の間も続けられた。それは自転車のペダルを漕ぐことと同じくらいわたしにとって日常のことだった。

この旅に出る前に、岩波文庫の『福音書』を用意していてリュックとともに忘れてきた。わたしはカフェイン、アルコール、ニコチンに続いて活字の中毒にも苛まれる身であったため、一日として本のない生活は耐えられなかった。わたしはビジネスホテルでの第一夜を、女体を妄想して悶々とする男のように、本を求めて輾転と過ごした。そしてあくる朝、開店を待ちかねて書店へ飛び込んだのだった。

『福音書』を読もうと思ったのは、浅はかな思いつきだった。わたしが岩波文庫の書棚の前で迷ったのは、ダンテの『神曲』にするか、ホメーロスの『イーリアス』にするかであった。『神曲』は学生時代に河出書房版「世界文学全集」の平川祐弘訳を読んでいた。にもかかわらず『神曲』にこだわったのは、岩波文庫ではベラックヮがどうしているか気になったからである。

そこで『神曲（中）浄火』の第四曲を早速開いてみた。

我曰ふ。あゝうるはしきわが主、彼を見よ、かれ不精《ぶせい》を姉妹とすともかくおこたれるさまはみすまじ。

この時彼我等の方《かた》に對ひてその心をとめ、目をただ股《もゝ》のあたりに動かし、いひけるは。いざ登りゆけ、汝は雄々《をゝ》し。

我はこのときその誰なるやをしり、疲れ今もなほ少しくわが息《いき》をはずませしかど、よくこの障礙《しやうげ》にかちて

かれの許《もと》にいたれるに、かれ殆んど首《かうべ》をあげず、汝は何故に日が左より車をはするをさとれりやといふ

その無精《ぶせい》の状《さま》と短き語《ことば》とは、すこしく笑《ゑみ》をわが唇にうかばしむ、かくて我曰ふ。ベラックヮよ、我は今より

また汝のために憂へず、されど告げよ、汝何ぞこゝに坐するや、導者を待つか、はたたゞ汝の舊《ふ》りし習慣《ならひ》に歸れるか。

彼。兄弟よ、登るも何の益かあらむ、門に坐する神の鳥は、我が呵責をうくるを許さざればなり

われ終りまで善き歎息《なげき》を延べたるにより、天はまづ門の外《そと》にて我をめぐる、しかしてその時の長さは世にて我をめぐれる間と相等し

若し恩恵《めぐみ》のうちに生くる心のさゝぐる祈り(異祈《あだしいのり》は天聴かざれば何の效《かひ》あらむ)、これより早く我を助くるにあらざれば。

ベラックヮは死ぬ直前になってようやく前非を悔いたので、現世で生きた年月だけ煉獄の門の外で待たされているのだが、罪つくりなダンテのおかげで『神曲』の中でいまだに待たされているのであった。しかし、世の中変われば変わるもので、その後サミュエル・ベケットの小説『蹴り損の棘もうけ』には、ベラックヮがダンテを研究する姿があった。

山川丙三郎訳の『神曲』には心惹かれたけれど、ホメロスはかねて読みたいと願って果たせずにいたので、この度は呉茂一訳『イーリアス《ママ》』の上中下三巻を購入することにした。ホメーロス《ママ》はアキレウスとアガメムノーンの仲たがひから詠いはじめる。

わたしは『イーリアス』を胸に抱いて夜を過ごし、昼間はサドルの上でペダルを漕いだ。

こうしてわたしは行くあてもなく旅を続けた。海が見たければ海へ行く。浜辺で打ち返す波の

音に身体をゆだねる。また、小高い山にも登ってみる。山頂から町を見下ろすと、川が流れ、鉄道が走り、幹線道路を車が行き来している。家々が建ち並び、高層の建物が屹立する。人々の姿は見えない。しかし人々はその中で生活し、生きている。

ある町をくまなく歩いたこともある。いつも町は幹線道路を通り抜けるだけなのに、その町を、いやその村を見たとき妙な関心が湧いた。町というより鄙びた村だった。それはたぶんその村に入る峠にわたしが立ったからだと思う。

峠へ立ったらその町や村を眺めてみよ、と父は言った。わたしの父ではない。民俗学者宮本常一の父である。彼が家を出るとき、彼の父が言い聞かせてくれたことを『民俗学の旅』に書いてあった。わたしはそれを読んで、宮本常一の父から教えを受けた。

峠から目立ったものに注意を向けよ。

鉄道がその村を貫いている。村は山々に囲まれ、山裾は段々畑で平野部は稲田である。山の中腹に寺がある。所々に集落があり、のどかな農村の風景。鉄道に沿って新しい家並みがある。村の中心部に小高い丘があり、小さな神社が見える。お寺らしい大きな屋根の建物が国道の右にある。

山の上で目をひいたものがあったら、そこへはかならずいって見ることだ。高いところでよく見ておいたら道に迷うようなことはほとんどない、と。

わたしはその村を歩いてみた。いや、自転車でまわってみた。

国道から左にそれて〈神社〉がある小高い丘を目指した。道はわからないが〈神社〉は見えている。その方向に進んだ。下り坂なので、ペダルを漕がなくても自転車のスピードは増していく。舗装されていない田舎道ではハンドルがガタつき、身体が激しく揺れる。粗末な藁葺きの家々の前を通り、田んぼの中を駆けてゆく。

ところが目の前に丘があるのにその丘へ行く道がない。時々現れる三叉路を右側の〈神社〉がある丘の方へ進んでいくが、丘から離れて行ってしまうのだ。走って行くと、また三叉路が現れる。世の中三叉路にあふれている。そして、〈神社〉の方を選んで行くが、だんだん離れて行く。次に現れた三叉路では、自棄になって〈神社〉とは反対の方へ進んで行った。そしたらお寺の前へ来た。

それは峠から見えた山の中腹にある寺だ。道から山門に向かって石段が伸びている。わたしは階段を上って山門の前に立った。お参りをするつもりはない。その村をもう一度眺めるためだ。〈神社〉がある丘は目の前にあった。峠から見たときは東の方向に見えたのだけど、太陽の位置から推測すると、今度は南の方向に丘がある。即ち、わたしは村の北側へ来ているわけだ。

わたしは再び〈神社〉を目指してペダルを漕いだ。〈神社〉は目の前にある。元の道を戻っているはずだった。ところが三叉路が再び現れた。おかしい。わたしは来た道を戻っているはずで、それなら三叉路は合流する形になるはずなのに、左右にわかれる三叉路だった。道を間違えたのだろうか。

とにかく〈神社〉に向かうように左を選んだ。〈神社〉へ近づいて行かなければならないのに、この道も〈神社〉から外れようとする。そのまま道を走ったら何もない田んぼばかりのところへ来た。稲刈りのあと放置されたままの田んぼが一面にある。太陽の位置から推測すると、わたしは町の東側にいるはずだった。〈神社〉はやはり目の前にある。近くに農家があったのでその家に向かった。

広い庭の納屋の入口に、煙管を銜えた年寄りが座っているので声を掛けた。〈神社〉がある丘へ行く道を教えて欲しい、と。**老人は煙草の煙を吐き出しながら傍らの桶で煙管を叩き、灰を落とした。**そして、わたしに来た道を戻るように言った。

わたしはその道に〈神社〉へ行く道はなかったと釈明した。よくよく聞いてみると、わたしは〈神社〉から離れないように道を辿って来たのだが、途中でこの道から逸《そ》れなければならないらしい。丘の周辺の道を辿っているかぎり、〈神社〉がある丘には行けないと煙管を銜えた老人は言った。

どんな地理になっているのか想像がつかない。元の道に戻り、最初の三叉路を右に行くようにと言われた。それは〈神社〉から離れて行く道のように思われた。わたしは庭先で自転車の方向を変えた。

「急がば回れ、というじゃろうが」

老人の声を背中で聞いた。

わたしは煙管を銜えた老人から教えられたとおりに最初の三叉路で右にそれた。〈神社〉からどんどん離れていく。ペダルを漕げば漕ぐほど離れていく。不安になるくらい離れていく。そして、目の前に踏切が見えたとき、もうこれは駄目だと思った。またとんでもないところへ来てしまっている。

わたしは自転車を停めてスタンドを立てた。丘の南側へ来ている。〈神社〉は目の前にある。踏切の**警報機が鳴りだした**。わたしはポケットから煙草を取り出して火をつけた。長い貨物列車が通って行く。わたしは〈神社〉向かって行っているはずなのに、丘の周りを廻っている。不可解だ。この村の道はいったいどうなっているのだろうか。

わたしは踏切を渡らず、元の道へ戻った。三叉路がありその度に〈神社〉の方へハンドルを切った。ところが何度ハンドルを〈神社〉の方へ向けても、道は〈神社〉から離れるばかりで、なかなか〈神社〉に近づかない。頭にきたので〈神社〉から離れる方へハンドルを切ると、やがて見た覚えのある風景になって、農家があったのでその家に向かった。

納屋の前に煙管を銜えて座っている老人がいる。

「おじさん！　〈神社〉へ行く道が違っていたじゃないか！」

わたしはそう叫びながら老人に近づいた。

老人はなんとも不思議そうな顔をしてわたしを見た。

老人は煙草の煙を吐き出しながら傍らの桶で煙管を叩き、灰を落とした。

そして、わたしに来た道を戻るように言った。

わたしはその道に〈神社〉へ行く道はなかったと釈明した。

よくよく聞いてみると、わたしは〈神社〉から離れないように道を辿って来たのだが、途中でこの道から逸れなければならないらしい。丘の周辺の道を辿っているかぎり、〈神社〉には上れないと煙管を銜えた老人は言った。

どんな地理になっているのか想像がつかない。

わたしは庭先で自転車の方向を変えた。

「急がば回れ、というじゃろうが」

老人の声を背中で聞いた。

いったいどうなっているのかわからない。老人の態度も不思議だった。わたしと初めて会ったような口ぶりだった。

再びわたしは〈神社〉を目指した。

わたしは三叉路をあるときは左へ、またあるときは右へとハンドルを切った。

どちらへ行っても〈神社〉には近づかない。

出鱈目に進んで行った。

そして、再び踏切のところへ来た。

わたしは自転車を停めてスタンドを立てた。

警報機が鳴りだし、貨物列車が通り過ぎた。
わたしは吸っていた煙草を投げ捨て、再びペダルを漕いだ。
〈神社〉を目指して、三叉路で無作為にハンドルを切った。
〈神社〉はどんどん離れていく。
そして、やがて見覚えのある景色、田んぼの中の農家の庭にたどり着いた。
納屋の傍に煙管を銜えた老人が座っている。
老人はなにくわぬ顔でわたしを見た。
わたしは煙管を銜えた老人に声を掛けるのが照れくさくなっていた。
「いったいこの村の道はどうなっているんでしょうね」
わたしは自転車から降りることもせず、老人に声を掛けた。
老人は煙草の煙を吐き出しながら傍らの桶で煙管を叩き、灰を落とした。
そして、わたしに来た道を戻るように言った。
わたしは庭先で自転車の方向を変えた。
「急がば回れ、というじゃろうが」
老人の声を背中で聞いた。
再びわたしは〈神社〉を目指した。
もうやけくそで、意地になっていた。

しかし、どんなに出鱈目に走っても、どんなに滅茶苦茶に走っても踏切のところへ来た。

警報機が鳴る。

貨物列車が通過する。

煙草を捨てる。

再び〈神社〉を目指して出鱈目に走る。

やはり農家の庭に来る。

煙管を銜えた老人がなにくわぬ顔でわたしを見る。

老人は煙草の煙を吐き出しながら傍らの桶で煙管を叩き、灰を落とした。

わたしは庭先で自転車の方向を変えた。

「急がば回れ、というじゃろうが」

わたしは再び丘を目指した。

もう何度繰り返しただろうか、煙管を銜えた老人がいる庭と踏切との往復を。完全に道に迷ってしまった。この村はいったいどうなっているのだろうか。

まるで白昼夢を見ているようだった。いや、何者かに操られて右往左往しているのかもしれない。そういえば煙管を銜えた老人以外に人に出会っていない。誰もいない。村人がいない村。

わたしはマルクスを載せた自転車を押しながら歩いた。何も考えず、眼を瞑って歩いていても行先はわかる。踏切だ。どんなにもがいても、わたしは踏切に行く運命にある。そして、また煙管を銜えた老人のところへ行く。抗いようがない。どうしたらこの現実から抜け出すことができるのか。

わたしは結果的にこの村の中を隈なく走ったと思う。出鱈目に〈神社〉を目指して走り、この村のあらゆる道を走ったのではないか、と思う。しかし、この村について何も憶えていない。この村を囲んだ山々について、広い田畑について、その中の道について、家について、何も憶えていない。鄙びた村という印象しかない。ただ煙管を銜えた老人と踏切の貨物列車のあいだを往復していたことだけを憶えている。まるで実験用のマウスが何かの条件のもとに、迷路の中を走り回っている態であった。不思議な村だ。

わたしが近づいてくるのを待っていたかのように踏切の**警報機が鳴り**だした。

貨物列車が通過していく。

わたしは吸っていた煙草を線路に捨てた。

しばらくして遮断機が上がったので、わたしはマルクスを載せた自転車を押して踏切を渡った。

そして再び自転車に跨り、国道へ向かってペダルを漕いだ。

旅立ってからどれくらいの月日が経ったのかわからない。わたしは多くの町や村を通り抜けた。

そして国道の喧騒を避けて、山間の道を行くことが多くなった。

ある田舎道を、冬枯れの田畑に挟まれた道路を駆けていると、行く手の山の中腹に白い建物が見えてきた。

その日、駅前の食堂で昼食を食べていたとき、ちょっと耳にした「白い館」というのがあれらしい。常連客らしいタクシーの運転手と亭主が、わたしを窺《うかが》うような素振りで大きな声で話しているのが耳に入ってきたのだ。

そのときわたしは店の片隅で「報知新聞」を読みながらかけうどんを食べていた。話の内容はよくわからなかったが、だれかが「白い館」へ連れて行かれたか、あるいはそこに雇われたかというような話だった。印象としてはあまり良い話のようには思えなかった。頭のネジがゆるんでいるとか、頭の関節が外れているとか言っていた。彼らはそこにいる人たちを莫迦にした口調だった。

道は山に向かって上り坂になっており、ペダルがだんだんと重くなってきた。集落を過ぎると道の舗装はなくなった。坂道はいよいよきつくなり、わたしは自転車から降りて押して歩いた。息が弾む。空気は冷たいけれど陽射しは暖かく、身体から汗が滲《にじ》みはじめた。

途中三叉路があり、右手の矢印の看板に「聖《サン》ミュエル病院」と書かれていた。どうやら「白い館」のことらしい。確かに外観は白い建物だったが、なぜ彼らがあの病院を意味ありげに「白い館」と言っていたのだろうか。ちょっと興味が湧いてきたので、わたしは右手の方へ行くことにした。目的がある旅ではない。また急ぐこともない。

上り坂はだらだらと長く、行き交う人も車もない。わたしは自転車を押しながら歩いた。道の左側は林で木々の枝が迫っており、右は下りの段々畑になって広がっていた。白い館はその全容を見せ始めたがなかなか近づけない。坂道は続いている。分け入っても分け入っても青い山。まるで足踏みをしているようだ。

いよいよ疲れ果てて自転車を止め、道端の枯れた草叢の上に座り込んだ。その下は雑草の斜面になっていて、さらにその下は畝《うね》が整然と並んだ段々畑が連なっていた。山のうしろから烟《けむり》が出だした。そして左手の方で、畑と雑木林の境界あたりを、ひとりの農夫が新しい土地を求めて開墾しているようだった。

農夫が鍬《くわ》を振っていた。木を伐り倒したあとの荒地を独り黙々と開墾している。耕された跡に、伐り倒され雑木の切れ端や刈り取られた雑草が集められ燻《くすぶ》って一筋の煙があがっている。農夫が手を休め、腰を伸ばして汗を拭く。周囲を静寂が支配している。彼が鍬を振る手を止めたのを見て、初めてそれまで鍬の音がしていたのを知った。力強い鍬の音が山間に谺《こだま》していたのだ。彼のほかに鍬を振る者はだれもいなかった。鍬の音やめたれば音もなきかな。

わたしは草むらに座り、コートのポケットから煙草を取り出して火をつけた。吐き出された煙は風に流されて消えていった。

ペダルを漕ぐとき踝が痛かったので、靴を脱ぎ、靴下を脱いで確かめると、踝の傷が腫れていた。

「やあ、こんなところにいたのか」

突然背後で声がしたので振り返ってみると、赤い野球帽をかぶった男が立っていた。茶色のジャンパーを着て、薄汚れたタオルを首に巻いている。ぎょろりとした眼、不精髭に白いものが混じっている。

「もう行ってしまったのかと思っていた。うれしいよ、また会えて」

この男、いったいどこから現れたのか……。態度がいやに馴れなれしい。薄気味悪い奴だ。

「そう驚かなくていい。わたしは、幽霊でも、追剥ぎでもない。わたしは……、わたしだ。


（朗唱するように）

わたくしは、わたくしなくして、わたくしなり。

わたがしは、わたがしなくして、……わたぐしだけ。


ふむ、ところで、ゆうべはどこでねむったんだい？」

男はそう言いながらわたしの隣に座り込んだ。見知らぬはずのわたしにあまりに馴れ馴れしく話しかけてくるその態度から、この男、脳みそが少々温い野郎に違いないと思って、逆らわずに相手をすることにした。

「溝の中だ」

「溝の中？　いったいどこの？」

「あの山の……、ずーっと向こうの町」

わたしは指先で来た方向を示した。

「それで、奴らにぶたれなかったかい？」

「奴らって、だれのこと？」

「ゴエモンたちさ」

「ゴエモンたち？」

「そう、とても悪い奴らだ。わたしを捕まえると、わたしをぶん殴って、あの白い館へ連れていくんだ」

男は左手の山の中腹にある建物を指さした。

鍬の音がいよいよ響く。

「殴られるのかい？」

「ひどい奴らだ。いつもわたしを木偶《でく》のようにあつかって、いじめるんだ。あそこでわたしをかばってくれるのはピムだけだ」

「ピム？」

突然わからないことを言い出す。

「ときどき将棋の相手をしてくれる」

「ピムって、あんたのお友達？」

「いつも泥の中を這っている……。おやっ？　踝が腫れているじゃないか！　不吉だ……。君の名前はなんという？」

「わたし？　わたしは……」

「ちょっと待て！　君は、わたしじゃない！　わたしが、わたしなのだ。君は、君だ。わたしが、君の名前を尋ねているのだ」

「だから、わたしは……」

「わたしじゃない！　わたしは、君がだれか尋ねているのではない。君の名前を尋ねているのだ」

「じゃ、どう言えばいいのだ」

少々むっとして、わたしは言った。

「名前を言えばいいのさ」

「名前？　だから、わたしは……」

「わたしじゃない！　わからん奴だ……。ネジが一本抜けているに違いない」

「何を吐《ぬ》かす！　抜けているのはおまえの方だ！」

「もういい！　名前はもういい。煙草を持っているか？」

「持ってないッ」

わたしは吐き捨てるように言った。実のところ、コートの左のポケットにハイライトとダンヒルのライターが入っていたのだが、妙な言いがかりをつける野郎なので、持っていないと答えたのだ。

「先ほど吸っていたじゃないか」

「あれが最後だ」

「仕方がない、自分のを吸おう」

男はそう言って、ジャンパーのポケットからピースの両切りの箱を取り出した。そして、いかにも美味そうに煙を吐き出した。この男、いよいよ精神構造が並でないと確信した。わたしは素知らぬ振りを装って、男とはなかば違う方向を向いていた。

下では農夫が依然として鍬を振っている。

「いや、そうかもしれない……」

男は煙草の煙を吐き出しながら独り言を言い始めた。

「いや、そうに違いない、奴にはなにか問題があるに違いない、ということが奴には分かっていないのだからして、奴にはなにか問題があるに違いない、ということが奴には分かっていないのだからして、奴にはなにか問題があるに違いない、ということが奴には分かっていないのだからして……」

いよいよ気味が悪くなってきた。わたしは急いで靴下と靴を履き、逃げ出すように立ち上がった。

「もう行くのかい？」

「ああ」

わたしはズボンの尻と裾についた枯れ草を両手で払った。

「いま会ったばかりじゃないか……、もう少し、なにか話をしたい」

男は急いで地面で煙草の火を消し、それを耳に挟んでから立ち上がった。

「あんたと話すことは何もない」

「水臭いことを言うなよ。じゃあ、なにかゲームをしよう」

「ゲーム？」

「例えばだれかを待つゲーム」

「だれを待つの？」

「だれでもいい。だれを待つかはたいした問題じゃない。大事なことは、待っていないふりをして待つことなのさ。決して待っているふりを見せてはならない。もしわれわれが待っているふりを見せたら、ルール違反をしたことになり、われわれは罰せられるのだ。そしてまた、待たせている奴は決して現れてはならない。だから、もし待たせている奴が現れたなら、彼はルール違反をしたことになり、彼もまた罰せられるだろう。彼は決して現れてはならないのだ。お分かりか？」

「あまり面白そうではない……」

「面白そうでないって？　当然じゃないか！　面白くないに決まっている。どうして君は面白がろうとするのか？　かの人は君たちのために十字架上で亡くなったのに、どうして君は面白がろうとするのか？　かの人は面白がっていただろうか？　エロイ、エロイ、ラマ、サバクダニ……」

またまた雲行きが怪しくなってきた。

わたしは及び腰で自転車の方へ向かい始めた。

「いやあ、ごめん、ごめん。つい興奮してしまったのだ。赦してくれたまえ」

男はわたしを追ってきた。それに構わずわたしは自転車を押し始めた。男は自転車の前に回って、ハンドルを押さえて立ちはだかった。

「あの場面がいつも心に引っかかっていて、つい、つい八つ当たりしてしまうんだ。気を悪くしないでくれたまえ」

「関係ない、退いてくれ、先を急ぐんだ」

わたしは憮然として言った。

「そんなに怒らなくていいじゃないか。君のことを、気に入っているんだから……」

「退いてくれ！」

「夕暮れまで、まだ時間がある」

「急いでいるんだ！」

わたしは男に向かって自転車を押した。

「そうかい！　君がその気なら、ここは意地でも通さないぞ！」

男はそう言うなり、わたしの前で両手を拡げて立ちはだかった。

厄介なことになってしまった。

「退いてくれ！」

男は、わたしが右へ行こうとすると右に寄り、左に行こうとすると左に寄って、わたしの行く手をさえぎった。

「ここは一歩も通さない。わたしの謎に答えるまで……。謎？」

男はにやりとほくそ笑んだ。

「そうだ、よいことを思いついた。こうしよう。わたしがいまから問いかける謎に君が答えられたなら、ここを通してやろう。なかなかいい考えだ」

アホらしくなってきた。

しかし、男は首を縦に振って頷いたり、横に振って思案したりして、自らの世界にどっぷりと浸っている様子だった。この機会にと、わたしは自転車を押して逃れようとしたが、男の力は途轍もなく強く、一歩も動けない。

「とびっきりの謎を……、なにがいいか……。ふむ……、そうだ！　人間はどこから生まれたか？　ふむ、なかなかいい謎だ。難しいぞ……、どうだ、答えられるか？」

「……」

「人間はどこから生まれたのか？　ちょっと難しかったかもしれない。……どうだ、参ったか？」

男は眼をつむったまま満足そうににやりと笑った。

腹が立ってきた。この男の相手かまわぬ無礼な言動もさることながら、こんな莫迦げた状況に居合わせたわたし自身に苛立ってきたのだ。

「さあ、どうだ……」

男はわたしを睨みつけるように迫ってきた。

自らの怒りによってわたしの五感が崩れそうになってきた。

男は顔を歪めて吠えている。何と吠えているのか、もうわたしには聞こえない。男の動作が影のようにわたしにのしかかってくる。その影に、わたし自身が呑みこまれそうになってくる。わたしはなりふり構わず右手で握り拳《こぶし》を作り、怒りとともにその影に向かってぐいっと突き出した。

一瞬、世界が静止した。

わたしは右手の中指と人差し指の間に親指を挟んで握り拳を作り、男の眼前に突き出したのだった。

男は「信じられない……」という表情で、顔を硬直させたまま、わたしの握り拳を睨みつけた。

そして、しばらく経ってから、まるで空気が抜けたような顔になって独り言《ご》ちた。

「莫迦な……。口に出せない行為を……、むにゅむにゅするなんて、まるでむにゅむにゅむにゅむにゅむにゅ……」

あとは何と言ったのかわからない。男はよろけるように後ずさりすると、斜面に足をとられて仰向けに転び、そのまま転がる石となって裾野へ落ちていった。

裾野では依然農夫が鍬を振っているらしい。その姿は見えず、鍬の音だけが谺している。

わたしは再び自転車を押して坂道を上って行った。先ほどの出来事が白昼夢のように思えてくる。道は雑木林の中に入り、落ち葉を踏みしめながら歩いて行った。体力が回復したらしく、歩みが少し楽になっていた。道は木々の枝に覆われ、薄暗い。サクサクと、わたしの枯れ草を踏む音だけが規則正しく聞こえている。

やがて空が開け、白い館が目の前に現れた。少し古いが鉄筋コンクリートの三階建て。平屋の家が鉤型に連なっている。それもやはり白い壁。窓には鉄格子が付いているようだ。あと百メートルほどの距離か。道が平たんになったので、わたしは再びサドルに跨った。ハンドルを取られないように車の轍を避け、道の真ん中を走った。

しばらく進むと道は下り坂となり、さらに視界が開け、再び裾野の田畑が見えるようになった。

自転車は徐々に加速していく。

わたしは自転車と一体となって坂道を下り始めた。

道は一本道。

自転車はどんどん加速していった。

ブレーキが効かない！

病院の門が現れ、自転車はますますスピードを上げて門を抜け、駐車している自動車を避け、人を避け、病院の庭の花壇に突っ込んでようやく止まった。

わたしは草花の上に投げ出され、天を仰いだ格好で動けなかった。

青空に雲が浮かんでいた。

眼のふちに人々が駆け寄ってくるのが見えた。

ブレーキが効かなくなったのは、あの男にハンドルを握られたからかもしれない。

そんなことをぼんやり考えた。

「だいじょうぶ?」

「怪我をしてない?」

二人の女性がわたしを抱きおこした。

白い帽子を被った丸い顔の女性と、黒縁の眼鏡をかけた顎の突き出た女性。

二人の後ろから少年と少女が心配そうに見つめていた。

「ジャック、先生を呼んできて!」

白い服を着た女性が言った。

「ぼく、一人で行きたくない」

「ジルもいっしょよ!」

青いベストを着た女性が言った。

「あたし、ジャックと行きたくない。ジャックはケチで、欲張りだから」

「ジルがけちで欲張りなんだ」

「あたしますます感じるわ、ジャックは欲張りよ、ジャックはあたしのことをケチだと感じているから(注6)」

「わたしが行ってきます」

黒縁の眼鏡をかけた青いベストを着た女性が立ち上がった。

「ピムも探してきてね、たぶん裏の溝の泥の中にいると思うわ」

眼鏡の女性は互いを主張する二人の子供を連れて玄関口の方へ行った。

ピムもいるらしい。

わたしはしばらく白い服を着た小太りの女性に支えられて座っていたが、マルクスのことが気になったので、起き上がって倒れている自転車の方へ行こうとした。

「じっとしていなくちゃダメよ！　先生が来るまで」

彼女はわたしの身体を押さえた。

「マルクスが……、犬が……」

わたしは喘ぐように言った。

マルクスが眠っている段ボール箱は自転車の荷台にしっかりと括り付けられたままだった。

今までにも、そう、何度も何度も自転車は転倒したけれど、マルクスは耐えていた。

「先生！　こちらです！」

突然の声に振り返ると、白衣を着た医師らしい男が玄関口から出て来たところだった。

金縁の眼鏡をかけた面長の男は横柄な態度で歩いてきた。

「自転車に乗ったこの人が猛スピードでこの病院へ飛び込んできて、花壇に衝突して、ここで倒れたのです。ブレーキが効かなかったみたいです。怪我はないようですけど……」

しゃがんだ姿勢のわたしからは、医師は顎にヒゲをはやした大男に見えた。

「ハンドルが歪んでしまっている……」

彼はそう言って倒れた自転車を起こし、左手でハンドルを持って支えながらあちこちを眼で点検した。

そして、彼は前輪を股で挟むと、両手でハンドルを持って左右に捩《ね》じった。

動かない。

彼は小太りの看護師に診察カバンを持ってくるように指示した。

彼女は大きな尻を振って建物の方へ走って行った。

わたしは解放されて自由になったので起き上がろうとした。

「動かないで！　じっとしていてください」

彼は厳しい口調でわたしに言った。

わたしは草むらの上で胡坐《あぐら》を組んで彼の行為を見守った。

彼はスタンドを起こし自転車を立てた。

そして、ペダルを踏んで車輪を回転させ、ブレーキをかけて自転車の状態を観察した。

彼はしゃがんでペダルを手で回した。

チェーンの状態を調べているらしい。

「生年月日は？」

わたしは黙って首を横に振った。

「名前は？」

「ありません……」

「君は名前がないのか？」

「いえ、自転車のことです……」

医師は黙って自転車の点検を続けた。

看護師が黒くて四角いカバンを重そうに両手で抱えてきた。

医師はそれを受け取ると地面に置いた。

そして、カバンの中をガサガサかき回してからスパナを取り出した。

彼はネジを緩めてハンドルを取り外し、それを入念に点検した。

「ハンドルの高さが合っていなかったら、人生に対する姿勢が悪くなる」

彼はその高さを調整すると称してステムを外し、スペーサーを上下逆に入れ替え、ステムまでも上下逆に取り付けた。そして、ハンドルを元に戻し、再び前輪を股に挟んだ格好でハンドル位置を調整し、スパナでネジをきつく締めなおした。

彼は前からハンドルを両手で持ち上げ、二三度タイヤを弾ませてから満足そうに言った。

「ようし、出来た」

彼はわたしに試してみるように言った。

言われるままにサドルに跨ってみると、ハンドルの角度が違う。

これでは腕に負担が多すぎる。

長時間運転できない。

わたしは医師に激しく抗議したけれど、彼は聞き入れなかった。

「ハンドルよりも、あなたの方が狂っている」

医師は素っ気なく言い放った。

そして、わたしのことには構わず、自転車の修理に夢中になっていった。

「次はブレーキを点検する。ブレーキの効きが悪いから、減速できずに転倒したのだ」

看護師が慌てて道具を用意した。

彼はブレーキシューを点検し、またブレーキワイヤーを調整し、ブレーキレバーの遊びを禁じた。

そして、自らの処方を誇らしげにわたしに説明した。

「これに乗って、この庭を回って来てみなさい」

わたしは渋々自転車に跨った。

ペダルを踏むと、低い位置のハンドルを支えられず、車体がぐらぐらして千鳥足のように進んで行った。

スピードが出ると、姿勢は安定した。

そして、試しにブレーキをかけると、自転車はその場で急停止し、わたしは放り出されるように転倒した。

「あなた！　だいじょうぶ？」

看護師が駆け寄ってきた。

医師は明らかに不満そうな顔で大股で歩いてきた。

「ブレーキはスピードに合わせてかけるものだ。ブレーキの効きの悪い自転車に乗っていたから、人生をコントロールできず、運転が下手に、いや生きるのが下手になっていくのだ」

医師は倒れた自転車を起こすと、それに乗ってもとの場所へ戻って行った。

わたしは看護師に支えられながらとぼとぼと歩いた。

医師はサドルの位置を調整していた。

わたしが戻ると彼は言い訳をするように言った。

「人生を疲れずに走破するためには、サドルの高さはこれくらいにしておく方がいい。さあ、乗ってみたまえ」

わたしはもう諦めていた。

この医師に何を言っても無駄だと悟った。

わたしはママチャリのように腰を落とした楽な姿勢で乗りたかったのに、上半身の体重が腕にかかる窮屈な姿勢を余儀なくされた。

また自転車を停めて休むときも、両足がつま先立ちでしか地面に着かない高さにされてしまった。

わたしはゆっくりとペダルを漕いだ。

よろよろと自転車は進んだ。

しばらく走ってから、恐る恐るブレーキを試してみた。

遊びがないのでスピードのコントロールが難しい。

何度も転倒しそうになった。

まるで初心者の運転だった。

それでも倒れることなく、無事に庭を一周して医師のもとへ帰ってきた。

やれやれ成し遂げたと、わたしなりに満足だった。

ところが医師は満足しなかった。

自転車のスピードが遅いと言い出した。

これはペダルが重いからに違いないと。

彼は自ら試しもせずに、そう言い切った。

そして、チェーンを点検すると宣告した。

わたしはもう抗《あらが》わなかった。

看護師が慌てて道具を用意した。

医師はドライバーで慎重にギヤ・ケースのネジをゆるめた。

ところがいきなりそのネジを地面に落とし、見失ってしまったのだ。

彼はドライバーの先で扇形に掃くようにして地面を探ったが見つからなかった。

彼の言によれば、ネジは自ら身を隠そうとするものらしい。

彼は看護師にそのネジを探索することを命じ、自分はこちらが見ていてハラハラするくらい乱暴に錆びた後輪を外した。

そして、ギヤの分解に熱中した。

医師はギヤを一つずつ外して丁寧に油で磨き、地面にシートを敷いて並べていった。

その慎重さには感心した。

そして、すべてのギヤを並べ終わると、先程とは逆の順にギヤを組み立て始めた。

ところがなかなか思うように組み込めない。

思うに、彼は慎重ではあったが、手先の器用さを持ち合わせてなかったのだ。

彼は何度もギヤをシートの上に並べて思案した。

彼は脂汗を流しながら四苦八苦してギヤを組んだ。

そして、やっとのことでギヤを組み上げたけれど、どうも噛み合わせが悪いようだ。

見ていてわかる。

だけど口出しは出来ない。

何度手直ししても治らなかった。

ついに彼は諦めてチェーンに油を塗って誤魔化してしまった。

ペダルは軽くなったけれど、変速がスムーズに切り替わらなくなった。

ネジはついに見つからず、診察カバンの中から形の違うネジを取り出して代わりに使い、ギヤ・ケースを閉めた。

ネジを探し出せなかった看護師に、偉そうに仕事の不満を吐き出した。

彼女は黙って診察カバンを片付けていた。

医師はカバンを下げて建物の方へ行った。

わたしは残された自転車を見つめていた。

それはわたしが今まで乗っていた自転車とは違うものになっていた。

ハンドル、サドル、そしてケースに隠された駆動部分。

それらは、わたしがここへ来たときのままのものであるにもかかわらず、もはや以前の機能を果たさなくなっていた。

荷台の段ボール箱だけがそのままだった。

マルクス・アウレリウス・アントニヌス。

彼は今も静かに眠っている。

心に銘記すべきは、なんびともいま生きている生以外の生を失うわけではなく、いま失いつつある生以外の生を生きるものではないことを。（二・十四）

わたしは自転車のスタンドを払い、ここを出て行こうとした。

「あなた！　どこへ行くのよ！」

彼女はわたしの背中に向かって叫んだ。

その声は医師の、彼女への叱責と同じくらいの迫力があった。

「旅を続けるんです」

わたしはつぶやくように答えた。

「何を言ってるの！　そんなポンコツ自転車で旅なんかできません。まだまだ治療が必要なのです」

彼女は後ろから自転車の荷台を押さえ、さらにわたしの左横へ来てわたしの手の上からハンドルを押さえ。自転車を止めると、右手でわたしの腰を抱えた。

「さあ、病院の中へ入ってゆっくり休みましょう。いまのあなたには休息が必要なのです。充分休んで、それから先生に時間をかけて修理してもらいましょう。先ほどは庭での修理だったから、先生も思うようにできなかったみたい。でも病院の中なら、機材や部品も揃っているし、スタッフもたくさんいるわ。ネジを失うこともない。新しい部品だってあるのよ。先生に修理してもらいましょう、ね。この自転車はあなたには適応していないわ。そんな自転車に乗って、長い人生の旅をするなんて……、あなたはもっと現実を見なきゃあならないのよ。そして、あなたがこれからもっと分別をもって行動できるように、ここでゆっくりと休んで、このポンコツ自転車を修理する必要があるのよ」

彼女はわたしを横から抱えるようにして白い館へ連れて行った。

その力は強かった。

わたしは逆らわなかった。

そして、玄関横のガレージに自転車を停めた。

わたしはマルクスが眠っている段ボール箱を抱え、彼女に促されるまま白い館へ入って行った。

6　犬の名前

突然、人の呼ぶ声が聞こえて、ハッとわれに返った。わたしは自転車に乗ったままハンドルの上で腕を組み、その上に頭を乗せて少し眠っていたらしい。

顔を上げると警官が見えた。いや、警官であるとわかったのは、その男がわたしの前に立ちはだかってからだった。その男が近づいてくるあいだ、その男が何者であるかわからなかった。

自転車のハンドルから顔を上げたとき、わたしの目に映った世界はぼんやりとしており、近づいてくるのが男であるのか、或いは女であるのか、わからなかった。時間の経過とともに、世界がわたしの眼球に明瞭に映し出されるにしたがって、帰納法によって男であること、演繹法によって警官であることを認識したのだった。

そのときすでに警官はわたしの目の前にいた。

「そこでなにをしているんだ?」と警官は言った。

「休んでいます」

「休んでいる?」

警官は胡散臭そうな目でわたしを見回した。どうやらわたしの言葉を信じていないらしい。

「はい、休んでいます」

わたしは何か言い訳をしなければと思い、踝《くるぶし》が腫れていることを思い出した。実際に坂道で転んだとき、右か左か忘れたけれど、足首を怪我していたのだ。

「足が痛いのです」

しかし、警官はわたしの言い訳を許さないかのごとく、さらに横柄な態度で違う質問をした。

「君はこの町の条例を知らないのかね？」

「……？」

「君はこの町の条例に違反しておるのだ！」

「……！」

「知らないのかね？　この町に入るには、自転車乗りはサドルから降りること、自動車はギヤをローに落とすこと、馬車は並足でしか進まないこと、以上三点を条例によって定められているのだ」

「知りませんでした」

わたしは慌てて自転車から降りた。

「この町の広報誌で、何度も注意を呼びかけている……」

「わたしはこの町の住民ではありません」

わたしは少し唇を尖らせた。

「君がいま通って来た道の、そら、あの橋のたもとに標識が立っていたはずだ。それにちゃんと書かれている。気がつかなかったのかね？　この町に入るあらゆるところに標識を立てて、われわれは注意を喚起しておるのだが……」

警官が指さす方を振り返って見てみると、なるほど標識らしいものが橋の向こう側に立っていた。

「君がこの町の住民であろうとなかろうと、君はこの町にいる限り、この町の条例に従わなければならない」

警官はなかなか雄弁だった。

「法律というものはただ一つで、住民であろうとなかろうと、役人も商人も、社長も従業員も、先生も生徒も、医者も患者も、金持ちも貧乏人も、老いも若きも、男も女も、幸福な人も悲嘆に沈む人も、みな一様に従わなければならないのだ……」

わたしは警官の長広舌を聞きながら、むかし高校生のとき、体育の授業中に運動場に並ばされ、定年前の教師から、体育とは関係ない情操教育についての独演を長々と聞かされたときのことを思い出した。ぺっ！

「ところで、君の名前は？」

警官は胸のポケットから手帳を取り出しながらわたしに訊ねた。

どこへ行っても、他人《ひと》と出会えば、必ずこの手の質問をしてくる。あなたの名前は？　あなたの住所は？　あなたの職業は？　わたしはこの手の質問が大の苦手だった。というのも、毎度のごとくわたしは自分の名前を答えられない。わたしには自分の名前がわからない。いや、思い出せないのだ。しかし、世間ではだれもこういう事態に思いやりがなく、名前、住所、職業は必ず即答でき、また明記できねばならないと考えていた。

わたしはとぼけた振りをして、この場をどう切り抜けようかと思案した。

「何か君の身分証明になるもの、運転免許証とか、健康保険証とか、そのようなものはないのかね？」

わたしは警官の前で、あちこちのポケットを探ってみた。

「クレジット・カードか、病院の診察券でも……」

わたしはコートを脱いで自転車のハンドルに掛け、ズボンとセーターのあちこちをさぐって、警官の言葉に真剣に対処しているところを披露した。

「君の名前はなんというのかね？」

「わかりません」

「……？」

「……」

「身分証明書はもういい！　本官は君の名前を尋ねとるのだ！」

なんとか警官の質問をはぐらかそうと、わたしはマルクスが入っている荷台の段ボール箱の上に、ポケットの中のものを並べ始めた。煙草、ライター、万年筆、ビー玉三個、岩波文庫の『イーリアス』上中下三巻、小銭入れ。肥後守は隠しておいた。

「これからどこへ行くつもりかね？」

警官は『イーリアス（上）』を手にとって、ページをめくりながら訊ねた。

「母のところです」

言ってしまってから我ながら驚いた。無意識に答えてしまったのだ。

わたしは母とともに住んでいた家から出てきたのだ。なのに母のもとへ行こうとしているなんて、矛盾もはなはだしい。まるでもう一人母がいるみたいだ。

「母上はどこに住んでおられる？」

「あちらの方です」

わたしは自転車のハンドルが向いている方向を思いつきで指差した。

「住所を訊いておるのだ！」

「わかりません」

「わかりません、だと？　本官の質問にまじめに答えないと、署まで行ってもらうことになるんだぞ！」

警官は『イーリアス（上）』をわたしの手に返しながら威圧的に言った。

「さあ、君のお母さんはどこに住んでいるんだ？」

ややこしいことになってしまった。

「知らないのです」

「知らない？　じゃあ、どうやって行くのかね？」

「自転車に乗って」

「住所も知らないのに、どうして行くことができるのかね？」

「住所を知らなくても、目と、耳と、口があればどこへでも行けます。祖母に小さい頃から言い聞かされました。道は全国に連なっている、と」

「小癪な奴だ。いったいなにを考えて生きておるのだ。まったく、海鼠《なまこ》のようにつかみどころがない。……ところで君、この箱の中身はなにかね？」

警官は興味深そうな眼で訊ねた。

「いや、あの、その……、中には犬が入っています。名前はマルクス・アウレリウス・アントニヌスといいます」

「なんだと？　マルクス……」

「アウレリウス・アントニヌス、ローマの五賢帝の一人と同じ名前です」

「貴様……、本官を侮辱するつもりか？」

警官はあきらかに感情を抑え、冷静を保とうと努力しているのがわかった。

「と、とんでもない。ご、誤解です、おまわりさん」

「では、どうして自分の名前を答えられないのに、犬の名前を、それもややこしいカタカナの名前をすらすらと答えられるんだ？　本官をからかっているとしか思えないではないか！」

「と、とんでもない、からかってなどいません。たまたまこういう経緯《いきさつ》になってしまったのです」

「たまたま？」

「そうです、たまたまです。確かにわたしはこの箱の中の犬の名前を知っています。しかし、残念ながらわたし自身の名前を知りません。ぽっかりと穴が開いたように思い出せないのです。わたし自身に関する情報、そのすべてがわたしの記憶から欠落しているのです。そら、よくあるでしょう。例えば旧知の人と街角で出会って、親しく話をしているにもかかわらず、どうしても相手の名前を思い出せない……。その人が住んでいる町の名前、家の外観、家族の構成から名前、飼い犬の名前さえ思い出せるのに、その当人の名前が思い出せない。思い出そうとすればするほど、相手の名前はわたしの記憶から逃げてしまう。まるでぽっかり空いた記憶の穴の周りを堂々巡りしているような……。こうなればもう相手との話は上の空、心の中でひそかに五十音の組合せをする始末です。ああ、あい、あう、あえ、あお……、と。こんな経験はありませんか？　おまわりさん」

「ないこともないが……」

「そうでしょう？　おまわりさん。それと同じことが今わたし自身に起こっているのです。毎日親しくしている自分自身にまるで裏切られたように、自分の名前を思い出せないのです。旅に出る前は、いや、旅に出た当初、わたしには名前がありました。そうなんです、ある日、わたしは病んで眠るマルクスとともに旅に出ました。マルクスは難病に罹ってしまったのです。そして、旅を続けるうちに、わたしは徐々に自らの属性を失ってしまったのです。言い換えれば、わたしは徐々にわたし自身ではなくなっていったのです。マルクスは依然眠り続けています。いや、もう眠ってはいないかもしれない。生きているのか、或いは死んでいるのか、すでにわからなくなっている。まるでシュレーディンガーの猫のように……。そう、そうなんです。マルクスはシュレーディンガーの猫なのです！　確率的に半分は生きていて、半分は死んでいるという猫なんです。生と死が重ね合わさっている状態なのです。シュレーディンガーの猫をご存知ですか？おまわりさん」

警官は口をへの字に曲げて首を横に振った。

「この箱の中には、まさにそのシュレーディンガーの猫が入っているのです、おまわりさん。エルヴィン・シュレーディンガーは一九三三年にノーベル物理学賞を受賞したオーストリアの理論物理学者です。彼は電子を波の運動とみなして波動関数を導いたのです。それが有名なシュレーディンガー方程式なのです、おまわりさん。

このシュレーディンガーの波動力学と、電子を粒子の運動とみなしたハイゼンベルクの行列《マトリックス》力学によって、初期量子論はニュートン以来の古典力学と決別し、新しい量子力学へと発展したのでした。ちなみに、イギリスの天才物理学者ポール・ディラックは、この波動力学と行列力学《マトリックス》の同等性を証明し、量子力学の理論体系を整備したのでした。

このように量子力学の発展に寄与したシュレーディンガーでしたが、彼は思索の根底に量子力学の不確定性に対して懐疑をいだいていたのです。不確定性とは、例えば電子の位置が決まれば運動量がわからなくなり、運動量が決まれば位置がわからなくなるという状態です。また、初期量子論に多大の貢献をしたアインシュタインも同様に、「神様はサイコロをふらない」という名台詞《せりふ》でもって、量子力学の確率解釈に懐疑を表明しました。アインシュタインは、量子力学の確率解釈は未知の変数が発見されていないからであると主張したのです。これに対して、量子力学の父と呼ばれるニールス・ボーアは、それを波動性と粒子性の相補性として把握する、いわゆるコペンハーゲン解釈を主張したのです。この二人の論争は、新しい変数が発見されないという消極的な理由で、結果的にボーアの判定勝ちとなったのでした。

そこでシュレーディンガーはひとつの思考実験を提案したのです。それが有名なシュレーディンガーの猫というパラドックスなのです、おまわりさん」

わたしは息を継ぐ間もなくまくしたてた。

「エルヴィン・シュレーディンガーは『量子力学の現状』という論文の中でいいました。猫を一匹鋼鉄製の箱の中に、地獄行きの機械といっしょに閉じ込めておきます。ただし、猫はこの装置に直接触れることはできません。

その地獄行きの機械とは、まずガイガー計数管の中に微量の放射性物質を入れておきます。この放射性物質は、一時間のうちにその中の一個の原子が崩壊するか或いはしないかという程度に、ごく微量のものとします。もしこの崩壊が起こったとすれば、ガイガー計数管は鳴り、リレーによって装置の中のハンマーが動いて、青酸ガス入りの壜が割れるのです。こうなれば箱の中の猫はあの世行きです。

さて、この全体系を一時間の間そのまま放置したとします。その間に、もし一個の原子も崩壊していなければ、猫はまだ生きていると言うことができます。その逆に最初の崩壊が起こっていれば、猫は毒殺されてしまっているはずです。そして、この状態を全体系のΨ《プサイ》関数を使って表現しようとすれば、全体系の波動関数には生きている猫と死んでいる猫とが同じ割合で混じっている、言い換えれば同じ割合で塗りこめられている、ということになるのです。

ここで大事なことは、箱の中の猫が、生きているかそれとも死んでいるかという確率がそれぞれ五十パーセントである、ということではないのです。箱の中では、生きている状態の猫が五十パーセントと、死んでいる状態の猫が五十パーセントとが、それぞれ重ね合わさった状態で存在するということなのです。言ってみれば、箱の中の猫は、生きながらに死んでいる猫、或いは死にながらに生きている猫、そういう矛盾した表現しかできない存在形態なのです。そして、その箱を開けた瞬間に、この全体系の波動関数は生きた状態または死んだ状態のどちらかに収束して、生きた猫または死んだ猫としてわれわれの前に現れるのです。

ということは、わたしたちは波動関数を、生きた猫かまたは死んだ猫か、どちらかに収束した状態でしか観測できないのです。言い換えれば、生と死と重ね合わせの状態にある猫が、観測による波動関数の収束によって、生死が決定した猫に変化してしまうのです。そこで、観測という恣意的な行為が、猫の生死を決定してしまうなんておかしいじゃないか、とシュレーディンガーは疑ったのでした。自らが導いた方程式によって得られた理論であったにもかかわらず、彼は承服しかねたのでした。そして、彼が提示したシュレーディンガーの猫というパラドックスが、量子力学の観測問題に発展したのです。観測問題は哲学の認識の問題でもあるのです……」

わたしは酔ったように量子力学の講義をした。わたしの背後に黒板がないのが残念なくらいだった。そして、わたしの頭の中では、マックス・プランク、ヴォルフガング・パウリ、ルイ・ド・ブロイ、マックス・ボルン、エンリコ・フェルミ、朝永振一郎といった名前が、出番をいまかいまかと待ちあぐねていた。

ところで、警官のほうは熱心な生徒ではなかった。彼はわたしの講義の間じゅうわたしの周りを徘徊した。彼はわたしの自転車をハンドル、フレーム、タイヤ、サドル、ペダルと入念に観察し、なにか手帳に控えていた。そして、箱の上に並べたわたしの財産を、ひとつひとつ点検してから講義中のわたしの手に返してきたのだった。

わたしは講義を続けながらコートを羽織り、受け取ったものをあちこちのポケットに戻していった。

警官はいよいよ自転車の荷台に括りつけられたダンボール箱に手をつけた。彼はゴム紐を慎重にほどき始めたのだ。

わたしは講義を続けながら彼の行為を見守った。

ちょうどパウリの排他律に話が及んだときだった。

ダンボール箱を開けるや、警官は目の玉が飛び出さんばかりに眼を開き、顔は見る見る真っ赤に茹で上がり、眼、鼻、口、耳、穴という穴からいっせいに蒸気が噴き出し始め、まさに帽子も飛ばさんばかりの興奮した姿になったのだった。これは量子力学の作用によるものではなかった。警官は明らかに怒り狂っていた。

「貴様！　本官をバカにしとるのか！」

「!?」

警官は今にも拳銃を抜いて、発砲しかねない勢いだった。

「先ほどから黙って聴いておれば、なんとかの猫だ、生死のわからぬ猫だと、ご大層な講釈を並べおって、いったいどんな猫かと興味をもって箱を開けてみたら、オイ貴様、いったいこれのどこが猫だ！　中に入っているのは犬じゃないか！」

「いえ、あの、その……、猫というのは譬えの話でありまして、最初から犬だと……」

「ええい！　つべこべぬかすな。なにが譬えだ！　忌々しい奴め。犬を猫と言いくるめようなんて、本官をバカにするのも甚だしい。貴様を、詐欺罪、侮辱罪、公務執行妨害で逮捕する！」

最後はちょっとオーバーな表現だったかもしれないが、だいたいこのような経緯でわたしは警官を怒らせてしまい、結果的には警察署へ連行されたのだった。

途中、町の人々が、男も女も、老いも若きも、有象無象が、猫も杓子もわれわれを振り返った。わたしは自転車を押しながら歩いた。警官は、自転車を斜め後ろから支えるように、荷台の上のマルクスが入った箱を押さえながら歩いた。遠くから救急車のサイレンが聞こえた。わたしは立ち止まってその方向を確かめようとした。

「進みなさい」と警官は言った。

「聞きなさい」とわたしは言った。

「援けを求めている人がいる……」

警官は後ろから自転車を力強く押した。いい天気だった。わたしは不幸ではなかった。


警察署では、わたしは小さな部屋に連れ込まれた。署の正面のガラスドアを開けて中へ入ったとき、カウンターの中や外にたくさんの人たちがいて、騒然とした雰囲気に圧倒された。

迷路のような廊下を通り、階段を上ったり下ったりして、連れて行かれたその部屋は、外界とはほとんど遮断された静かなところだった。周囲は灰色の壁で、スチールの机の前後にパイプ椅子が置いてある殺風景な部屋。ドアの反対側に窓があったけれど、下半分はくもりガラスで空以外は何も見えない。空は青く、美しく見えた。それは周囲の壁があまりにもくすぶっていたからだと思う。

来る途中、廊下で同僚らしい警官とすれ違ったとき、彼は「窃盗か?」と声を掛けてきた。

「いいや、海鼠《なまこ》だ……」

わが警官は憮然と答えた。

振り返って様子を窺うと、尋ねた警官は立ち止まり、さも不思議そうな顔でわれわれを見送った。海鼠って、なにか暗号だったのだろうか。

その部屋で、わたしはしばらく独りにさせられた。わたしは部屋の中を行き来して、あちこちを点検した。鍵を外して窓を開けると、外側に鉄製の柵が取り付けられていた。下を見下ろすと、パトカーをはじめ様々な色の自動車が並んでいて、駐車場になっていた。向かい側にも建物があって、それと比較すると、わたしはどうやら二階にいるらしい。階段を上がってきた算用では、てっきり三階だと思っていたのに、どうやら勘違いをしていたようだ。

壁には鏡が掛かっており、わたしはその前で様々な顔を演じてみせた。喜怒哀楽の顔のほかに、恐怖と嫌悪も取り混ぜて鏡に映してみせた。そして、身をくねらせてみたり、帽子を振ってみたりした。

鏡に対して、わたしには禍々《まがまが》しい思い出があった。

十歳のとき、銭湯でのことだ。夜も遅く、客は少なかった。風呂からあがったわたしは、脱衣場の大きな鏡の向こう側に、わたしではなく悪魔が映っているのを発見した。悪魔というのはもちろん比喩だ。鏡に映っていたのはわたしだった。しかし、鏡に映っているわたしは、わたしではないような気がした。わたしが他人のように見えた。見れば見るほどわたしではない。とてもわたしであるとは思えなかった。それが、わたしがわたしでないことを知った、最初だった。

それからも悪魔はときどき鏡の向こうに現れた。洗面所の鏡、母の鏡台。母の鏡台に映る悪魔に向かって持っていたビー玉を投げた。鏡に蜘蛛の巣状のヒビが入った。

幼いわたしは、鏡に映るわたしでないわたしを見つめながら、めくるめく不思議な気分を味わった。後に大人になって解ったことだけれど、それはちょうど地面の亀裂に跨って、底なしの深淵を覗き込んだときに味わうであろうめまいにひとしかった。

以来、わたしは自らに不信を抱き、鏡に対して懐疑と嫌悪を抱いている。

わたしは自転車の荷台の箱の中にいるマルクスが気にかかった。わたしはマルクスの最期を看取り、海を臨む美しい丘に埋葬してやりたいと願っている。わたしはマルクスとともに過ごした懐かしい日々を想った。こんなところでうろうろしている場合ではない。

やがてわたしをしょっ引いた警官が入ってきた。彼はわたしにテーブルの前に座るように言った。わたしは窓を背にして警官と向かい合った。わたしは右ひじをテーブルにかけた格好で、椅子を斜めにして座った。これが学生のときからのわたしの座り癖だった。斜に構えていた。

「まっすぐに座って、わたしの質問に答えなさい」

警官は威厳をもって言った。わたしは言われたとおりに座りなおした。彼はわたしに一から尋問を始めた。しかし、わたしは彼の質問には答えられなかった。というのも、彼は相変わらずわたしの名前や、住所や、職業を訊ねたからだ。警官は頑固に同じ質問を繰り返した。そして、わたしは阿呆のように答えられなかった。わたしはうんざりして警官の背後の壁を見ていた。壁も見ようによっては染みや汚れで模様があり、ちょっとシュールな連想ができた。

「きょろきょろするな!」

また叱られた。警官はわたしを誤解していたと思う。彼はわたしがしたたかな知能犯であると思ったらしい。彼は話題を変えたり、鎌をかけてきたり、或いはわたしを脅《おど》したり賺《すか》したりして尋問した。その都度わたしはあるがままに答えたけれど、彼は望む情報を得ることが出来なかった。

「まっすぐに座って、わたしの質問に答えなさい」

知らぬ間にわたしは斜に構えて座っていたのだ。

「まったく、海鼠のような奴だ……」

警官は明らかに苛立っていた。彼がわたしの身分を明らかにするものを欲しがっていることはわかっていた。しかし、あいにくわたしは新聞紙の切れ端さえ、尻を拭く紙さえ持っていなかったのだ。

　ここで誤解のないように急いで断っておくけれど、これはなにもわたしがトイレで尻を拭かないと言っているのではない。天地神明に誓って言うが、わたしの記憶にあるかぎり、生れてこの方雲古をしたあと尻を拭かなかったことはないのだ。

「なにか書いたものはないのかね？」

　わたしはコートやズボンのポケットから、『イーリアス』三冊と千円札数枚を取り出して、テーブルの上に並べて置いた。警官は目を瞑ったまま首を横に振った。

　警官はわたしに煙草を勧め、わたしたちはしばらく煙草をふかした。

　彼がさしだしたライターを持つ手が少し優しく感じられた。彼もなかなか癖のある男らしく、煙草はピースの両切りだった。久しぶりの甘い紫煙だ……。ピースの香りは一刻も早くこの状況から逃れたいという思いをしばらく麻痺させた。

　突然ドアをノックする音がして若い警官が入ってきた。彼はわが警官の傍へ来て書類を渡した。わが警官は煙草を揉み消し、それを受け取った。わたしもつられて煙草を灰皿に押しつぶして身構えた。若い警官は踵《きびす》を返して出て行った。

　警官は眉ひとつ動かさずに書類を読んだ。しばらく沈黙の時間が流れる。やがて彼の表情が唇の端から綻びはじめた。そして、それは口全体に拡がって弛み、顎が伸び、頬は綻び、鼻はふくらみ、眼は溶けはじめた。いやまさに警官の顔全体が笑みに崩れたのだった。

「ココココ……」

突然ホッチキスの弾のような言葉が飛び出したので、思わずわたしは身を避けた。「コ」の吃《きつ》音《おん》に過剰反応するのだ。

「コ、コ、コレハ愉快ダ」

この言葉を発して、警官の顔は元に戻った。

「キ、君がいくら君の名前を隠そうとしても、そうはいかない。とぼけても無駄だ。わが国の警察機構をなめてはいかん。君の名前はおろか、君の住所、君の経歴もここに明らかになっている」

警官はそう言って、書類をわたしの面前でひらひらさせた。そして、彼はわたしの名前、生年月日、住所、職業等を朗々と読み上げ始めたのだった。

「どうだね？　間違いないかね？」

警官は「どうだ、恐れ入ったか！」と、遠山金四郎のように見得を切った。

「われわれはこれでもけっこう忙しいのだよ。一般市民は、警察を木偶《でく》のように言うけれど、みんな仕事は手一杯だ。まさに君の言う何とかの猫の手も借りたいくらいだ。泥棒も捕まえにゃならんし、人殺しも探さねばならん。交通違反を取り締まらねばならんし、喧嘩の仲裁もせにゃならん。職務質問から逃げる男は慎重に追わねばならん、相手に怪我でもされたらそれこそ警察は袋叩きにあう。警察から逃げる男のほうが悪いのに、追う警察が悪いと非難ごうごうだ。ストーカー行為を訴えられても、事件でなければ、われわれは手の出しようがない。そして、事件が起きたらわれわれは糞味噌に言われる。警察はいったい何をしとるのか、と……」

警官は上機嫌でしかも雄弁だった。

「市民にバカにされた警察ではあるけれど、君の身元を洗うぐらいはたやすいことなのだよ。君がいくらとぼけようとも、われわれに隠し通せるせるものではない。現にこのとおり……」

「わたしじゃない」

わたしは警官の言葉をさえぎるように呟いた。

「それは、わたしじゃない」

警官は語るのを止め、わたしの顔をまじまじと見詰めた。不思議なものを見る顔であった。

「わたしじゃない？　では、君は誰なんだ？　君の名前は？」

やれやれまた名前だ。ぺっ！

「わかりません……」

「ふむ……、では君が乗っていた自転車は、君のものでなく、どこかで盗んできたのか？」

「いいえ、あの緑の自転車はわたしのものです。わたしが高校生のときから乗っているものです」

「だからわたしは、その自転車の所有者の名前を言っているのだ」

「……」

「君はわたしの尋問に答えない。とぼけているのか、しらばっくれているのか知らないが、自分の名前を答えない。君の正体を明らかにするものを、君は持ち合わせていない、或いは隠している。ところが本官は君の自転車を調べていて、登録番号がついているのを発見した。そして、登録番号を照会すると、すぐに君の身元は割れたわけだ。これがその報告書だ」

「間違って話していたことがあります」

「ようやく話す気になったかね」

警官はそれきたとばかりに身を乗り出した。

「先ほど母のところへ行くと言いましたが、実は友達に会いに行くところです」

「そんなことはわかっておる！」

警官は怒りを含んだ言葉を発すると、萎《しぼ》むように椅子に座った。

「そんなことはみんなここに書いてある」

彼はそう言って、再び書類をひらひらさせた。

おかしい、友達に会いに行くというのも出まかせで言ったのに……。

「いいか！　君はだな、愛犬を連れて友達に会いに家を出た。十日前のことだ。君の家族が証言している。それに、君は高校の物理の教師らしいではないか。県の教育委員会にも照会した。休暇届も出ている。問題なし。君に身分証明書があれば完璧だが、まあいいだろう、本官もそこまで堅物じゃない。この十日間、君が何をしていたか聞きたいところだが、本件はもうおしまいだ。本官は忙しいのだよ。雑用が山ほどある。君にかまっているヒマはないのだ。いまから調書を書くから、それでもって君を解放する」

　警官はそう言って若い警官が持ってきた書類をわたしに差し出した。わたしはその書類を手にとって読んでみた。確かに覚えがあることばかりが書いてある。かつてわたしはここに書かれてある名前で呼ばれていた。住所を聞かれたら、ここに書かれてあるとおりに書いていた。でもいまはそうじゃない。そうだ、わたしは名前を捨て、名前に付随した経歴を捨てて家を出たのだ。

「これはわたしじゃない」

　そう言って、わたしは書類を警官のほうにつき返した。

　調書を書いていた警官は手を止めて顔をしかめた。

「ほほう、自分の名前も思い出せぬ御仁が、警察がご親切に名前を調べてやったのに、それが違うと駄々をこねる。君は世間の常識の定規では測れないところがある。住人か浮浪者か、健常者か障がい者か、秀才か痴呆か、正気か狂気か、わけが判らぬ。いや、まさに頭の関節が外れているとしか思えない。いったい君は何者だ？　名前も名乗らぬ、名無しの権兵衛か？　何とか言ってみろ」

　答えに窮した。しばらく沈黙が続いた。わたしが何者か？　わたしが知りたいくらいだ。

　しばらく沈黙が支配した。時が刻々と過ぎて行く。わたしの頭の中で時を刻む音がだんだんと大きくなる。コッチコッチという音が、頭の中で響いている。

コッチ、コッチ、**コッチ、コッチ・・・**

耐えきれなくなってわたしは叫んだ。

「月光仮面ダ！」

何かが吹っ切れたように、わたしは両手をテーブルに突いて立ち上がり、思わず叫んだ。

♪ どこの誰かは 知らないけれど
誰もがみんな 知っている
月光仮面の おじさんは
正義の味方よ よい人よ
疾風のように 現れて
疾風のように 去って行く
月光仮面は 誰でしょう
月光仮面は 誰でしょう

わたしは取調室の中を、右に左に横歩きで駆けながら歌った。警官は一瞬たじろいだが、慌ててわたしを止めに来た。

「月光仮面は誰でしょう！」

わたしは叫んだ。

「月光仮面は、私立探偵祝《いわい》十郎だ。祝十郎は俳優大瀬康一だ。大瀬康一の本名は大瀬一甕《かずなり》だ。」

警官は叫ぶわたしを羽交い絞めにして止めようとした。

「さあ、月光仮面は誰なんだ！　祝十郎か？　大瀬康一か？　それとも、大瀬一甕《かずなり》か？　月光仮面は誰なんだ！　名前なんて、くそっくらえ！」

別に意図したことではなかった。あえて弁明するなら、この状況のあまりのばかばかしさを打破するために、無意識に発してしまった言葉なのだ。詰まらぬ条例に違反した咎《とが》で警察に引っ張られ、挙句は名前名前と問い詰められる。名前なんて、親から恣意的に与えられたもの、勝手に貼り付けられたレッテルに過ぎないのに、後生大事にありがたがる。その名前にあらゆる情報を添付して、生身の個人より優先させるのだ。ばかばかしい限りではないか。

警官はそうではなかった。わたしを椅子に座らせると、彼はボールペンを持っている手をわなわなと震えさせた。顔は見る見る真っ赤に茹で上がり、再び眼、鼻、口、耳、穴という穴からいっせいに蒸気が噴き出し始め、まさに怒髪天を突かんばかりに興奮した姿になった。怒りの風船が破裂寸前であることがわかった。

「貴様！　本官を侮辱しとるのか！」

「!?」

突然警官は叫び、彼はわたしに覆い被さるように仁王立ちになった。そして、持っていたボールペンを床に投げ捨てた。警官は明らかに怒り狂っていた。

勝手にしてよい、と言われたのは午後もずいぶん遅くなってからだった。警官に連れられて長い廊下や階段を通り抜け、警察署の表玄関を出ると、西の空は赤く染まっていた。しかし、やっと解放されたという気分ではなかった。ちょっと目算が外れたのだ。わたしは一晩留置所に泊められるのを覚悟していた。

あの時、わたしに侮辱されたと誤解した警官は、怒り狂って持っていたボールペンを投げ捨てたものの、しばらくはわなわなと震えていたが、やがて自らを厳しく律して、平静を装って部屋を出て行った。ただ、ドアを閉めたときの荒々しい音は、わたしを叩きのめすことの代償だと察しがついた。

わたしは独り部屋に残された。警察署に留置されると覚悟した。もう少し上手に相対すればよかった、と少しは反省した。書類に書かれてあった内容に同意すれば、わたしは解放されただろう。あの書類に書かれていたことを装って生きて行けば、世間と摩擦を起こさずに生きていける。しかし、わたしにはわたし自身に同意しかねるものがあった。だから反発してしまったのだ。

もしかすると、白い館へ連れて行かれるかもしれないという不安が湧いてきた。以前警官にしつこく名前を求められて、わたしは窮して名前を紛失したと答えた。紛失届けを提出するから、わたしの名前が拾われたらすぐに連絡をください、とお願いした。すると急に周りが慌しくなり始めた。たくさんの人々がわたしの前に現れ、わたしに様々なことを訊ねた。わたしは自動車で運ばれ、様々な検査を受け、結果白い館に閉じ込められたのだった。

そこはとてもひどいところで、わたしがわたしであろうとすると、罰せられた。ルール違反だというのだ。わたしはわたしである振りをしなければならなかった。

そこでは振りをするゲームが行われていたのだ。医師は医師である振りをし、看護師は看護師の振りをした。そして、わたしは患者である振りをし、また名前を持つ振りをしなければならなかった。わたしは社会に順応するために、わたしであることを諦め、わたしである振りをすることを学んだ。しかし、いまわたしは振りをすることを忘れてわたしであろうとしたために、再び白い館に連れて行かれる危機に瀕《ひん》しているのだ。

気分が重くなってきた。警官が忘れて行った煙草を勝手に拝借して火をつけた。足元に転んでいたボールペンを拾って、机の上に置いた。そして、警官が書きかけの調書を引き寄せて読んでみた。これまでの経緯が、なるほどこういうことだったのか、と変に納得させられた。ところどころ誤字が目についた。あまり漢字を勉強していないらしい。

ドアの把手が廻る音がして、警官が入ってきた。

意外にも、彼はかなり機嫌がよさそうだった。

「待たせたね、月光仮面君」

彼はいやになれなれしく話しかけて椅子に座った。そして、ボールペンを手にとって調書の続きを書き始めた。彼は終始無言であった。わたしも無言で見守った。

警官は黙々と調書を綴っている。その姿は先ほど癇癪を起こしてボールペンを投げ捨てた警官とは別人のように思われた。そして、実際に別人ではないかという思いが支配し始めた。誰かが入れ替わったのかと。

わたしの目の前で、ボールペンが突然止まった。警官は顔を上げてわたしに訊ねた。

「犬の名前は何といったかな?」

「マルクス・アウレリウス・アントニヌス」

わたしはわざと横を向いて答えた。

「長ったらしいカタカナの名前を、よくもまあすらすらと答えられることだ……」

警官は両手を拡げておどけるように言った。

「マルクスにしておこう……」

彼は呟《つぶや》くように言って、続きを黙々と書き綴った。縮めて言うなら、愛称のマルにして欲しかった。しかし、わたしはもう異議を唱えないと心に誓っていた。

警官とわたしはどうも波長が合わない。彼の質問に答えれば答えるほど、わたしは彼の質問から遠ざかって答えてしまうからだ。答えれば答えるほど相手は理解できなくなるようだ。だから黙っているほうが事態を混乱させず、事がうまく運ぶように思えた。これも処世の知恵だ。

警官はようやく調書を書き上げると、座ったまま伸びをした。そして、机の上の煙草を一本抜いて口に銜え、火をつけた。彼は箱を開けたまま無言でわたしの方に差し出したけれど、わたしは手を横に振って断った。彼は箱のふたを閉じて机に置き、調書を手にして黙読し始めた。文章を点検しているらしい。

その間、わたしはコートのポケットの中でビー玉をもてあそんでいた。

「よし、出来たッ！」

警官はパイプ椅子を机に寄せて座りなおし、居住まいを正した。

「いまから本官が調書を読む。君がそれに同意するならば、この調書に判を押しておしまいだ」

「判子を持っていないのです……」

「拇印でいい！」

警官をまた怒らせてしまいそうだったので首を縮めて沈黙した。

警官は調書を朗読し始めた。自分で書いた文章なのに、たびたび詰まって読んだ。わたしは天を仰いで誤字を思い、頭《こうべ》をたれて拝聴した。

「以上、間違いないな?」

警官は最後のわたしの名前を読み終えると、そう言って調書をくるりと回してわたしの前に差し出した。

「間違いないか、読んでみたまえ」

腹いせに誤字を全部指摘してやろうかと思ってはみたが、黙っていた。事態は確かに良い方向に向かっていた。それにこんなふざけた書類を読む気にもなれなかった。ただ、最後に書かれている名前が気に入らなかった。いい加減にしろ、と言いたかった。やにわに腹が立ってきた。

「すみません、ボールペンを貸してもらえますか?」

「どうした? 間違いでもあるのか?」

「ええ、ちょっと訂正が……」

警官は不審そうにボールペンを差し出した。

「漢字を間違えているのか?」

わたしはボールペンを手に取ると、調書の最後に書かれたわたしの名前の上に二本線を引き、その横に、マルクス・アウレリウス・アントニヌスと書き加えた。ざまあ見ろ。もう破れかぶれだ。わたしは警官が怒り狂うのを覚悟して、首をすくめた。

しばらく沈黙があった。何も起こらない。警官は三度《みたび》茹で上がっているはずだった。恐る恐る顔を上げると、警官はにこにこ笑っていた。おかしい。これはいったいどうしたことだ。

「まあ、そこまで自分の名前に反抗するなら、立派なものだ」

警官はそう言いながら抽斗《ひきだし》から黒のスタンプを取り出して、私の前に差し出した。

「その犬の名前の下に、左の人差し指で印を押しなさい」

わたしは左手の五本の指をすぼめ、その指先にスタンプのインクを付け、犬の足跡のような形の印をマルクスの名前の下に押した。もちろん叱り飛ばされるのは覚悟のうえだ。ところが何も起こらない。上目遣いに警官の様子を見ると、彼は苦笑しているだけだった。これはおかしい、どうしたことか。

「君もなかなかユーモアのある男だ」

警官はそう言って、立ち上がって机越しにわたしの肩を二度叩いた。

「これでよろしい。君を解放する」

彼は調書を丁寧にたたんで、内ポケットにしまった。

最後はまるで調書を取るという形式だけを済ませた感じがした。

わたしは拇印と引換えに自由を得た。もしこれが自由というものなら、わたしは自由に対する認識を改めなければならない。わたしには自らの過ちがわからなかった。詰まらぬ条例など糞っ喰らえ、だ。わたしを不審に思ったのは警官の身勝手だ。しかし、彼のわたしに対する尋問では何も明らかにならなかった。ところがわたしの関知せぬところで事態は進展し、すべてが解決してしまったのだった。

警察署の前で、以後もっと行儀良くせよ、と警官から忠告を賜った。

わたしは足早に自転車に向かった。マルクスの様子が気にかかっていた。自転車の荷台の段ボール箱を開くと、マルクスは相変わらず蹲《うずくま》るようにして、腹で大きな息をしていた。わたしはマルクスの頭を指で軽く二回叩いた。これは「変わりはないか?」という意味であった。マルクスが不治の病に侵され、いくら呼びかけても眼を開かなくなってから、わたしは彼の頭を軽く指で叩いて挨拶をした。実際、マルクスが数を数えることができたかどうかわからない。しかし、少なくともわたしが傍にいることはわかっただろう。

西の空は茜色に染まりかけていた。ずいぶん長い間警察署にいたことになる。その間食べ物はもちろん飲み物も出なかった。腹が減っていた。わたしは自転車のハンドルと荷台を持って、足でスタンドを外した。

わたしは条例を遵守して、町なかでは自転車を押して歩いた。そして、どんなに疲れても、休むために、自転車に跨ったまま、両足を猥らに地面におき、両腕をハンドルにのせ、その両腕の上に頭を投げやるような格好をしなかった。わたしは警官の忠告どおりに行儀よく振舞って、自転車を押しながら町を後にしたのだった。

7　マルクス昇天

わたしは警官に母のところへ行くと言った。これはわたしの無意識からでた言葉だった。わたしは父母とともに住んでいた家から出立して来たのだから、まるでもう一人の母がいるみたいではないか。しかし、生みの親と育ての親ということもある。よろしい。もしわたしにもう一人の母がいるのなら、その母がどこに住んでいるのか知らないけれど、彼女に会いに行くことにしよう。

と言っても、行くあてはなかった。わたしは気の向くままにペダルを漕いだ。マルクスは荷台のダンボール箱の中で眠っている。わたしは見知らぬ町を次々と通り抜け、それらの町の名前はわたしの頭の中を通り抜け、わたしの記憶に残らなかった。

どこへ行っても同じような人間ばかりが住んでおり、同じような町や村で、人々は単調な生活を繰り返している。日々を繰り返し、年月を繰り返し、そして次第に年老いていく。わたしもそれらの町や村をひとつひとつ通過しながら歳を重ねていった。

概してわたしは方向感覚が曖昧だった。よく道に迷い、同じ通りを何度も右往左往した。また、目的地に到着することができなくて、仮に城や神社という目的地があってのことだが、その周辺を彷徨《さまよ》うこともたびたびで、途方に暮れることもあった。だけどいつものことなので、別に焦ることもなく平気で過ごした。生来の方向音痴で、地図を見るとそれは迷路に見えた。

わたしはある町の中へ、繁華街へと入っていった。先ほどから**ミャアミャア**と猫の鳴き声がいやに耳につくのに、猫の姿がいっこうに見当たらない。まるで猫の亡霊に苛まれているようだった。不思議だ。シュレーディンガーの猫の亡霊か？

わたしは自転車を停めた。瞬間、世の中が停止した。映画を見ていて、突然静止画になったみたいだ。そして、よくよく見れば、ここは猫の天国だ。猫が歩いている。猫が窓から覗いている。猫が自転車に乗っている。猫が車を運転している。まさか、と思う。猫、猫、猫、猫、猫、猫、猫。どこを見ても猫ばかり……、というのは嘘だ。ここは猫町ではない。猫町だったら面白いのに、と思ったのだ。猫はどこにもいない。

わたしは自転車を停め、しばらく通りに佇んで周りを見回した。

男女の二人連れがやって来る。

「……へ行こ**ミャア**か」

「お**ミャア**さん……だで、ここで別れよ**ミャア**」

「お**ミャア**、……で**ニャア**か」

「そんなことあらーすか、そらお**ミャア**さんのかんち**ギャア**だに」

「なら、はよう行こ**ミャア**」

通りをあちこち見回してみる。猫はどこにもいない。ゆっくりとペダルを漕ぎながら歩道を走った。通りをあちこち見回してみる。猫はどこにもいない。街路樹の向こうを自動車が往き来する。歩道を歩く人々は少ない。銀行があり、歯科医院があり、ドラッグストアーがある。自転車はその前を通り過ぎる。

「行ったら、おしミャアだがや」

二人は通り過ぎた。何の話かさっぱりわからない。

わたしは再びサドルに跨った。ゆっくりとペダルを漕ぎながら歩道を走った。通りをあちこち見回してみる。猫はどこにもいない。街路樹の向こうを自動車が往き来する。歩道を歩く人々は少ない。銀行があり、歯科医院があり、ドラッグストアーがある。自転車はその前を通り過ぎる。

この町が何という町か、妙に気にかかる。なぜだろう？　この旅を始めてから、町の名前なんか気にしたこともなかったのに……。いっそのこと、道行く人に尋ねてみようか。しかし、どんなふうに？　例えば自転車を降りて、向こうから日傘を差して歩いてくる婦人に……。帽子をとって……。さあ、なんて言えばいい？

わたしはゆっくりとペダルを漕ぎながら考えた。「ちょっと、すみません」いや、そうじゃない。「失礼ですが、ちょっと、あいすみません」それからこうだ。「ちょっとお尋ねしますが……、あの、そのう、この町は何と申すのでしょうか？」

まさか、そんッ！な・な・な・な……？

気がついたらたくさんの顔がわたしを覗き込んでいた。わたしは地面に転んで天を仰いでいた。そして、老若男女に有象無象、その他牛馬羊猿鳥犬猪といった面々が、それぞれの顔でわたしを取り巻いていた。

「ああ、やっと気がつきましたわ。あなた、だいじょうぶですか？　どこか怪我をしていませんか？　どこか痛むところはありませんか？」

見知らぬ婦人が、起き上がろうとするわたしの背中を抱きかかえながら興奮して言った。そして、彼女はわたしの頭や手足を点検した。

「だいじょうぶなようネ。この人は怪我をしていませんわ、みなさん。でも、ほんとうにびっくりしましたわ。だってこの人、突然あたしにぶつかってきたのですもの……」

彼女は周囲の群衆にむかって話し始めた。

「あたしも不注意だったけど、この人だってずいぶんぼんやりヨ。それに、あたしが避ける方へ、避ける方へと自転車がよろめいて来たのヨ。でも、おたがいに怪我がなくてほんとうによかったわ。だいじょうぶですわ、みなさん」

野次馬たちは興味を失って、一人去り、二人去りし始めた。

わたしは立ち上がってズボンを掃い、倒れた自転車を起こそうとして、荷台のダンボールの箱からマルクスが飛び出しているのに気がついた。

「あれ、ワンちゃんが……」

彼女はそう言って駆け寄り、マルクスを抱き上げた。

「かわいそうなチビちゃん……」

彼女はマルクスに頬擦りをしようとして、急に抱いた手を遠ざけ、顔をこおばらせた。

「この犬……、死んでる！」

彼女はマルクスを地面にそっと置いた。

わたしはマルクスの首筋に手を当ててみた。

確かに脈はなく、呼吸もしていなかった。

わたしの自転車が婦人と衝突した瞬間、ダンボール箱の蓋が開くと同時にシュレーディンガーの波動関数は収束し、マルクスの死が決定したのだった。

わたしは硬直したマルクスを抱き上げて、荷台のダンボールの中に戻した。

見知らぬ紳士が蓋を開いて手伝ってくれた。Merci.

「先ほどの衝突で、チビちゃんの打ちどころが悪かったのかしら……」

婦人は心配そうに箱の中を覗いた。

「いいえ、マダム、そうではありません」

わたしは彼女の憂慮を取り除くために弁明した。

「マルクスは……、いいえ、この犬の正式な名前はマルクス・アウレリウス・アントニヌスというのですが、彼は難病を患い、死の床に伏していたのです。眼も見えず、耳も聞こえず、手足も動かぬ重い病を患っておりました。医師は非情にも現代の医学では治療法がないと宣告したのです。

彼は幼い頃からストア哲学に熱中し、禁欲を実践するために犬舎でなく庭の地面に眠る習慣でしたが、病に倒れてからは、わたしは納屋の中でダンボール箱の中にタオルを敷いて介抱したのでした。しかし、身動きできぬ身体ゆえ、彼はダンボール箱の中で糞尿を垂れ流し、汚物にまみれたまま瞑想に耽っていたのでした。彼の『自省録』の崇高さはだれもが認めるところですが、やがて、かの病が彼の生命の尊厳を冒し始めたのでした。ガレノスを自認するわたしの手当てにも限界がありました。もうこれ以上マルクス・アウレリウスに屈辱の生を営ませるわけには参りません。そう判断したわたしはマルクスとともに死出の旅路に出発したのでした。

マルクスの最期を看取り、彼の偉業にふさわしい土地に埋葬し、顕彰の墓を建てるのがわたしの役目であると決意したのでした。

いま、多少のアクシデントを伴いましたが、マルクスは穏やかに自らの死を受け入れました。やさしいご婦人に看取られて、マルクスは最後まで幸せをかみ締めたことと思います。遺されたわたしは、マルクスの亡骸《なきがら》を手厚く葬らねばなりません。わたしは再びマルクスを箱に収めて、彼を埋葬するに相応《ふさわ》しい土地を求めて旅立たねばならないのです」

群集はすでに散っていた。

「あなた、それで行くあてはありますの？」

「はい、マダム。マルクスを海が見える丘に埋葬してやろうと思うのです。そこはわたしたちが幸せなひとときを過ごした思い出深い土地なのです」

「それはどこの海？」

「そう、それはずーっと遠く外国の海、できれば紺碧のアドリア海を見渡す……」

「あなた、やはり先ほどの転倒で、少しおつむがおかしくなってるわ」

「いいえ、わたくしはいたって正気です」

「おかしい人ほどおかしくないと言い張るのです。それにあなたの姿、ずいぶんとくたびれてい
てよ。とてもじゃないけどもうこれ以上旅を続けるのは無理だわ。それに、もう何年もお風呂に
入っていない、着替えもしていないっていう恰好よ。さあ、あたしのうちへ参りましょう。みな
さん、この気の毒な人をあたくしのうちへ連れて参りますわ」

婦人は最後の野次馬にむかって叫ぶように言った。もちろんわたしは拒否する態度をとった。

即ち、自転車を押してその場を立ち去ろうとしたのだ。

するとわたしの前にまたもや警官が現れた。

彼は毛深い手でわたしの自転車のハンドルを押さえた。

その豪腕のために、わたしの自転車はビクとも動かなくなった。

「おくさん、この男の自転車が暴走して、おくさんを轢《ひ》き倒したらしいですな?」

警官は舌なめずりをしそうな顔で言った。

「いいえ、違いますの、おまわりさん。話は逆で、あたしの方がこの人の自転車の行く手を邪魔
してしまったのです」

婦人は毅然とした態度で言った。

「この男は交通違反をしておるのです。自転車が歩道を走ることは禁止されておるのです」

「気の毒に、この人はしばらく気絶していましたわ。でも、怪我はないようですわ。違反はゆるしてあげて！」

「では、おくさんには何も被害がなかった、と……」

「お詫びに、この方をあたしの家へお連れしようとしているところですの。なにか不都合なことがあるのでしたら、あたしがこの人の身元保証人になりますわ」

「いえ、その必要はありません」

警官はしぶしぶ納得したようだった。彼はあきらかな不満顔で人々を手荒く遠ざけ、ぶつぶつ言いながら立ち去った。

わたしは安堵の胸をなでおろした。また警官に因縁をつけられて、署までしょっ引かれるのかと、懼《おそ》れていたのだ。

わたしは彼女に礼を言った。Merci.

「それでは、これで失礼します」

「いいえ、あなたにはあたくしが必要なのです」

彼女はわたしの上着の袖を掴《つか》んで引き止めた。この有無を言わせぬ強引さに、わたしは驚き、素直に従った。しかし、彼女がなぜ見ず知らずのわたしを家へ連れて行こうとするのか、わたしにはわからなかった。

わたしには彼女が必要だ、と彼女は言った。そうだろうか？　本当は彼女のほうこそわたしが必要だったのではないか？　わたしの見苦しい外見にもかかわらず、彼女はわたしに好感をいだいており、わたしを助けようとしていた。いや、わたしを助けることに喜びを感じているのかもしれない。

わたしたちはたがいに助け合いながら歩いて行った。即ち、わたしがハンドルとサドルを持って自転車を押し、彼女は荷台のダンボール箱を押さえながら歩いた。そして、わたしたちの姿が、道行く人々の眼に滑稽に映っているであろうと想像することによって、わたしたち二人の心はより近しいものになったのだった。

婦人の家は、いや、それよりもそろそろここらで彼女の名前をはっきりとさせておかねばならないのだが、例えばヴァランス夫人とか、或いは蟷螂《かまきり》夫人とかいうぐあいに……。しかし残念ながらわたしは彼女の名前を憶えていない。単に名前を聞きそびれたのか、それとも教えてもらったにもかかわらず忘れてしまったか、どちらかだ。しかし、彼女の名前を知らないことが、わたしたちの関係をいささかも損なわせることにならなかったことを言明しておく。

婦人の家はたいへん遠かった。これは距離的に遠いという意味ではなく、わたしの体力に換算して遠かったという意味である。というのも、時間的にたいした距離を歩いたわけではないのに、彼女がやっと家に着いたと教えてくれたとき、わたしは息を切らして立っているのもおぼつかない状態だった。実際、彼女の家の前の車止めに自転車を停めると、わたしはへなへなとその場に座り込んでしまった。

わたしは自転車の前輪を背にして両足を投げ出し、もう梃子《てこ》でも動かぬという姿を演じたのだった。そう、演じたと言っても過言ではない。というのは、もし彼女の家がもう一キロ先であったとしたなら、わたしはその一キロを頑張って歩き通したと思う。わたしは、彼女の家に到着したと聞いたとたんに力を失い、その場に崩れたのだった。

婦人はすぐに家の中に入り、コップを手に戻ってきて水を飲ませてくれた。

「アルカリイオン水よ、元気が出るわ」

冷たい水、甘露であった。命の水のように思われた。

わたしはコップを返しながら礼を述べ、彼女の親切を謝して立ち去ろうとした。そして、自転車を掴《つか》もうとしてよろめいた。

「あなた、やはり具合が悪いんじゃない？」

彼女はわたしを支えて、なかば強引に屋敷の中へ連れ込んだのだった。

「マルクスを！」

わたしは振り返りながら叫んだ。

「大丈夫ヨ、あの子のことはあたしに任せて！」

有無を言わせぬ婦人の行動に、わたしは素直に従った。

「あの子のことは、あたしが責任を持ちますから……」

マルクスのことを「あの子」というのが気になった。しかし、ここはすでに彼女の領域だ。彼女に従うしかない。

門の中にはたいそう立派な造りの家が建っていた。あきらかに代々続いた旧家の姿をしている。わたしはその広い玄関の上がり框《かまち》に座ったまましばらく待たされた。

婦人はマルクスが入った箱を運び込んできた。わたしはその箱を後生大事に膝の上に抱えたまま、床几《しょうぎ》の上に置かれた年代物らしい煙草盆、見事な筆跡の衝立、その前に置かれた何焼きとも知れぬ壷、柱に掛けられた短冊などを物珍しく眺めていた。

着替えを済ませた婦人は、わたしを広い裏庭へと案内した。そこには雑然と花が植えてあった。花の名前は知らない。菜園があって夏野菜が作られていた。トマトや胡瓜が目に付いた。茄子も生っていた。そして、そこで彼女はわたしに重大な提案をした。なんと、マルクスをこの庭に埋葬しようと言い出したのだ。わたしは即座に辞退した。

「お志はありがたいが、これはわたしとマルクスの問題です。第三者のあなたを煩わせるわけにはまいりません。それに、マルクスは紺碧の海を望む丘に埋葬されるべきなのです」

「いいえ、あたしは第三者じゃないわ。これはあたしたちの問題よ、まだわからないの！」

妙なことを言い出した。「わたしたち」と言うのだ。きょう初めて会ったのに。たぶん彼女は興奮しているのだろう。路上で突然犬の死に直面したのだから。

わたしは彼女のこれまでの厚意を謝して、マルクスとともにこの家を立ち去る旨を伝えた。

「いいえ、チビちゃんは亡くなってからずいぶん経っているわ。腐臭さえし始めているじゃない。

それにあなた、あなたはもうこれ以上旅を続けることができない身体なのよ。わかってる？　ここまで歩いて来るのがやっとだったじゃないの」

彼女の言葉にわたしはたじろいだ。そして、彼女はこうも言った。

「チビちゃんは必ず一本の木の下に埋められるべきなのです」

彼女の決意は、スコップを手にすることによって、いっそう力強いものとなった。有無を言わせぬ彼女の行為に、わたしは箱を抱いたままやむなく従った。

「さあ、この木の下がいいわ。ここにしましょう」

そこは桜の樹の下だった。桜はわたしが見分けられる数少ない木のひとつだった。あとわかるのは落葉松くらいだ。そしてその桜、ときはすでに如月ではなく、花はなく、葉がたくさん繁っていた。樹には千匹の毛蟲が。

彼女は地面に何か呪《まじな》いのような仕草をしてから、そこを掘り始めた。スコップの扱いもなかなか手馴れていた。

「チビちゃんの身体の五倍は深く掘るのよ」

彼女は息を弾ませながら自らに言い聞かせるように言った。

この埋葬はわたしの意図に反するところであったけれど、彼女の意思に従うことにした。そして、わたしは非力ながらもスコップを手に、途中で穴掘りの交代を申し出た。しかし、わたしはスコップを扱うことができなかった。というのも、わたしはスコップに足をかけた途端に、それが右足か左足かは忘れてしまったが、踝《くるぶし》に激痛を感じてその場に倒れてしまったのだった。

「もうあなたには無理なのよ！」

彼女は玉の汗を流しながら無心で掘った。穴の横に土の山が出来ていった。わたしは仕方なくダンボール箱を抱えて立ったまま彼女の行為を見守った。即ち、わたしはその場に居合わせることによって、この埋葬に貢献したといえる。まるでそれが私自身の埋葬であるかのように……。

穴はすぐに掘れた。それほど大きい穴ではなかったけれど、マルクスを埋葬するには充分な大きさだった。彼女はわたしが大事に抱えていた箱を手に取ると、それを地面に置いた。そして、箱の中からマルクスを取り出すと、いつの間に用意したのか、白い布で彼を包んだ。

彼女はその白い包みを穴の中へどさりと投げ入れた。白い布の包みは、黒い土の中で少し歪んだ形になった。わたしは布に包まれたマルクスを想像した。その顔は、畏れ、哀しみ、苦しみを乗り越えて、安らかな、眠るがごときものだった。

彼女はわたしにスコップを預けると、その場にしゃがみこんで手を合わせた。すると、彼女の閉じた眼から大粒の涙が溢れ出した。いや、それは涙ではなく、汗であったのかもしれない。或いは汗が眼に入って、涙が出てきたのかもしれない。他人の心の中の真実はなかなか推察しかねるものだ。

わたしも慌てて眼を閉じた。手を合わせながら瞑想に耽った。すると、マルクスとともに過ごした楽しい日々が、まるで走馬灯のようにわたしの脳裏を去来した。

父に拾われて初めて我が家に来た日のこと。嬉しそうにわが家の庭を駆け回り、わたしが差し出した鏡に映った自分の姿に驚いて、すてんと転んだ滑稽な姿。朝夕に散歩しながら『自省録』を記した楽しい日々。庭の芝生でゴルフの寄せの練習をしたとき、わたしが打ったゴルフボールを喜んで銜えて戻って来た顔。そして、マルクスが病に倒れた姿。動物病院で点滴を受けるマルクスの前肢の肉球に、わたしは人差し指を添えて撫でてやった。犬島へ遣わせと、母から追い出されたマルクスを、わたしは裏の納屋で介抱した。やがてマルクスの不随は下肢から全身に及び、ついには眼を閉じたままわたしの呼びかけにも応えなくなった。

マルクスよ！

わたしはマルクスの面影を追って空を見上げた。すると、透きとおった青い空は一転して俄《にわ》かに掻き曇り、地上を遍《あまね》く黒雲が覆った。時はすでに三時を過ぎていた。遠くで雷鳴がしはじめた。突如として隣家の窓のカーテンが二つに裂け、中から慌てた主婦が飛び出して、ベランダに干した洗濯物を急ぎ取り込んだ。

まさに雷《いかづち》が響かんとす。

「モロイ、モロイ、イマ、シバクダニ」

その時、確かにわたしに語りかける声を聞いた。

「主《あるじ》よ、主《あるじ》よ、何ぞわれを拾ひ給ひきや。何《いか》なれば遠くはなれてわれを捨ておき給はず、道に迷ひしわが嘆きの聲《こゑ》を聞き給ひきや。ああわが主《あるじ》、汝晝《ひる》われを呼ばはれば、われ喜び転《まろ》びて駆け寄り、夜われ汝を呼ばはれば、汝勤《いそ》しみてわれを厠《かはや》へ導きぬ。わが平安《やすらぎ》を与へしもの、汝は強し。われ悪しき犬どもに囲まれしとき、汝悪霊どもを追ひ払ひ、われを悪鬼の口より救ひ給ひき。されば彼ら遠きよりわれを嫉《そね》みて吠えぬ。主《あるじ》かれを悦び給ふがゆえに助くべしと。されど汝はわれを路傍《みちばた》より拾ひ給へるものなり。汝われに雪印の乳を与へ、われを育《はぐく》みぬ。われは犬にして人にあらねば、われは汝の友たるをえず、汝の弟子になりえず、これよりわれは汝の僕《しもべ》となりぬ。かの羅馬《ローマ》の賢帝になぞらへて付けられしわが名を汝より呼ばはれたるとき、わが誇りここに極まれり。わが輩《ともがら》の羨《うらや》むところなり。われ朝な夕な汝に導かれて歩みしゆゑ、倫《みち》迷ふことなく、罪犯すことなく、いまわが生命《いのち》安らかに終へんとす。さればわれはこれより汝の御名《みな》をわが読者に述べ伝へ、汝を會《つどひ》のなかにて讃《ほ》めたたへん。わが主《あるじ》を懼《おそ》るるものよ、わが主《あるじ》を讃《ほ》めたたへよ」

わたしはこの声に恐懼《きょうく》した。

突然、天が轟き地が揺らぎ、わたしは倒れそうになってわれに返った。

わたしはまさに瞑想に酔い痴れていた。或いはスコップを杖代わりにして、居眠りをしていたのかもしれない。

その夢想を破ったのは彼女の声だった。

「やはりあなた、具合が悪いのね」

眼を開くと、彼女は力強くマルクスを埋めた土を踏み固めていた。

「鼾《いびき》をかいていたわよ。さあ、終わったわ。家に入って休みましょう」

まだ頭の中がくらくらする。彼女は道具を片付け、わたしを抱きかかえるようにして家の中へ連れて入った。

わたしには安堵感があった。マルクスに、いや、マルクス・アウレリウス・アントニヌスに、ようやく始末をつけてやることができた。それは当初わたしが思い描いた形ではなかったけれど、波動関数に委ねられたマルクスの命は死に収束し、埋葬にまでこぎつけたのだった。欲を言えばきりがない。マルクスは紺碧のアドリア海を臨む丘に埋葬されるべきであった。そして、マルクスを埋める穴を掘るのはわたしでなければならなかった。しかし、今は彼女に感謝すべきであろう。わたしは彼女に抱かれながら歩いた。

わたしは家の奥の客間に通され、ソファーの肘掛に置かれたクッションを枕にして横になった。そして、わたしの身体に軽く毛布が掛けられた。窓のカーテンが閉じられ、部屋が薄暗くなった。彼女はいったい何者か。わたしを掴まえて、「あなたにはわたしが必要だ」と、彼女は言った。さらに、マルクスのことを、彼女は「あの子」と言った。そして、「わたしたち」とも。初めて会ったはずの彼女が、あたかも旧知のごとく振舞った。かいがいしくわたしの世話をしてくれる彼女はいったい何者なのか。そんなことを考えながら、わたしの意識は深い闇に落ちていった。

8　旅路の果て

わたしはソファーに横たわっているらしい。部屋が薄暗い。明け方だろうか、それとも夕方か。白くぼやけた天井に大きなシャンデリアがぶら下がっている。それが八本の手を拡げてわたしにのしかかってくるようだ。

わたしはなぜここにいるのか？　ぼんやりしたあたまで考えてみる。わたしは旅をしていた。ある町に入り、歩道を自転車で走っていて、婦人と衝突した。そうだ！　マルクスが死んだのだ。わたしは彼女の家に誘われて、その裏庭に愛犬マルクス・アウレリウスを埋葬した。天に召されたマルクスよ！　そのあと、精根尽きたわたしは彼女の家で休息した。そしてここにいる。彼女はいったい何者か？

立ち上がってカーテンを開いてみると、窓から見える空は茜色だった。夕方のように思える。椅子に掛けてあったコートのポケットから煙草を取り出してソファーに座った。ダンヒルのライターで火をつけ、大きく吸い込む。吐き出した紫煙が薄暗い空間を漂っていく。

しばらくすると彼女が部屋に入ってきて、灯りを点した。世界がわたしの前に現れた。応接室らしい部屋にいる。彼女から風呂が沸いたから入るように勧められた。しかし、いくら旅なれて厚かましくなっているとはいえ、見ず知らずの女性の家でそこまで甘えることはできない。それくらいの分別はまだ残っていた。わたしは久しぶりに心地よく休ませてもらったお礼を丁重に述べて、この家を出て行こうとした。

「なにを寝ぼけたことを言ってるのよ」

彼女はわたしの言うことをてんで聞こうとしなかった。わたしの意志などまったく無視している。なにか勘違いをしているのではないか？　どちらかが……。わたしがか、それとも彼女がか。それをわたしは風呂の中で考えることにした。

湯船に浸かり身体を足首まで伸ばすと、心身ともに解放される。久しぶりの風呂だった。身体を洗い、髪を洗った。カミソリは？　風呂場に備えられてなかった。ヒゲはまたの機会にしよう。人生はなるようにしかならぬ。再び湯船のなかで、ふやけた頭でそんなことを考えた。

風呂からあがると、食事が用意されていた。新しい下着とゆったりとしたトレーナーをあてがわれた。テーブルに向かうと、近年お目にかかったことがないくらいのご馳走が並んでいた。思い返せば旅に出て三日目の夜、やけくそになって「ロイヤルホスト」で散財して以来の豪華さだった。

「さあ、あなたの好きな味噌カツよ」

ちょっと待て！　それは学生時代のことであって、いまのわたしの好物は、加古川名物「一平」のかつめしである、と言おうとしたが、そこはグウッと我慢した。というのも、わたしの脳味噌と胃腸の互いの自己主張は、胃腸の方に軽く軍配が挙がってしまったからだ。わたしは喜んで味噌カツをいただくことにした。

「まずは乾杯ね」

ところが彼女が注いでくれたビールが気に入らない。アサヒの「スーパードライ」ではないか。断っておくが小生が小学三年のとき、祖父の十三回忌の法事の席で叔父の口車に乗せられて初めて飲んで以来、ビールは苦いものだと胆に銘じている。以来ビールはキリンの「ラガー」が一番であると確信している男なのだ。いま、世を挙げてビールは辛口がよいという。ビールが辛いだと？　阿呆かいな。ビールはメソポタミアの昔から苦いものと決まっておるのだ。馬鹿者め！　そんなビールの味のわからぬ輩が発泡酒を喜んで飲んでいるのだ。

ところが世の呑兵衛たちは酒に対して意地汚いのが通例である。わたしとて例外ではない。ビールの講釈をすれば止まるところを知らぬ身でありながら、わたしはこのときキリンの「ラガー」に操《みさお》を立てることなく、恥ずかしながら「スーパードライ」をご相伴に預かってしまったのだった。空になったわたしのグラスに彼女がそそいでくれる。わたしもビールの缶を取り上げ彼女のグラスにそそぐ。味噌カツも旨いではないか。わたしはすぐに酔っ払ってしまい、上機嫌になった。世の中は楽しく、彼女は美しい。「モルツ」「黒ラベル」なんでもござれ、「バド」のネエちゃんいらっしゃい、という気分になっていた。Yeah!

こうしてわたしはきわめて愉快な夕食のひとときを久しぶりに味わったのだった。彼女も嬉しそうにわたしをもてなしてくれた。アルコールが入るにつれて、彼女は饒舌になった。あれこれと話す内容はどうやらわたしのことらしい。身に覚えのないことばかりだった。そして、やがて彼女はとんでもない話をわたしの過去として話し始めたのだった。

わたしはその話を未だ真実として受け止めかねている。

「やっとその気になって、ここに帰って来たのよね」

こんな言葉から彼女の話は始まった。「その気になる」というのが、何のことかわからない。わたしの頭の中では、「?」という記号が大きく膨らんでいった。

以下、彼女の話の要点をかいつまんで話してみよう。

とても信じがたいことだが、わたしは学生時代に彼女とともにこの屋敷に住んでいたというのだ。そして、わたしは大学卒業後の進路について父と意見が合わず、喧嘩して、勘当されてからも、彼女に養われてこの家に住んでいたらしい。居候だったらしいのだ。

彼女の話に従えば、経緯《いきさつ》はこうだ。

わたしが大学二年の冬、国鉄（今のＪＲ）中央線鶴舞駅の高架下にあった喫茶店「海」でわたしたちは初めて出会ったという。わたしはその喫茶店の「みかんエード」が大好きで、その日も下宿に帰る途中、それを飲みながらカフカの『審判』を読んでいた。彼女は小学校の教諭で、その日はたまたまその喫茶店で珈琲を飲みながら作文のコンクールに応募させる生徒の作品を選んでいた。そして、隣のテーブルの彼女にわたしの方から声を掛けたらしい。わたしが女性に声を掛けるなんて、とても考えられないことだが、ここは彼女の言に従う。

わたしは生徒の作文を読ませてもらい、いささか自信ありげに評釈し、話が弾み、ついには後日を約して別れたという。以来、わたしたちは逢うごとに近しい関係になっていった。

工業大学の学生でありながら文学に明け暮れているわたしを彼女は珍しく思い、またわたしは彼女の美貌（？）に惹かれたのだという。この辺は眉に唾を付けて聞いておこう。

「あなたは小学生のとき、国語の作文の時間に、文章は思ったままに書けばよいと先生から教えてもらったけど、それは間違った教育指導であったと批判していましたわ。普通の小学生が思ったままに文章が書けるわけがないと。ちょうど画家がデッサンの練習をするように、見たままを、或いは思ったことを正確に文章として書く練習をしなければならないと。例えばひとつのコップをテーブルの上において、周囲からみんなで見たままを文章にする練習、またコップについて思い出すことを書く練習、コップについて自分の知っていることをすべて書く練習、或いは身近な簡単なテーマを決めて、それについて思ったことを書く練習。そういったことをさせながら、いろいろな見方、或いは書き方があることを例示して教えるべきだ。そして、古今の美しい文章、正しい言い回しを暗記させるとよい。そういう基礎的なことを学習させずに、ただただ生徒の才能に寄りかかっただけの手抜きの教育がなされていると、あなたはあたしに訴えました。でも、それは無理よ、あまりに理想主義的だわ。あたしも教育の現場に携わるものとして、あなたの意見はわかるけど、とても現実的でないと反論しました。でも、今から思えば、理数科ばかりが得意だった人間が、大学に入ってから突然文学に目覚め、小説家を志し、書きたいことは山ほどあるのに書くことができない、書く方法がわからない、そんなあなたの苦悩と呻吟の声だったのよね」

それからのわたしは彼女の家、即ちこの屋敷に出入りし始めたらしい。彼女は幼いときに両親を亡くし、当時は祖母と二人暮しであった。ちょっとできすぎた話のように思えるが、彼女の言に従う。

わたしは日曜日には彼女の家を訪問し、ともに音楽を聴いたり、或いは文学談義をしたりして一日を過ごし、夕食をご馳走になって帰った。それがやがて時として泊まるようになり、ついにわたしは下宿を引き払ってこの屋敷に引っ越して来たという。表向きは下宿だけれど、中は半同棲状態だったようだ。夜、わたしたちは彼女の祖母が賄《まかな》った夕食をいっしょに食べ、芸術、政治、スポーツと、またテレビ番組にいたるまで様々な話題を語り合った。ただ、彼女はわたしが左翼を毛嫌いしたのが不満だったらしい。というのは、当時はちょっと左翼がかった学生が魅力的だったのだ。

わたしは一階の八畳の部屋をあてがわれていたが、深夜、彼女の祖母の眼を盗んで、二階の彼女の部屋へ忍んで行って床を共にしたらしい。その頃の様子を、彼女は眼をうつろにして語ってくれたけれど、今は詳細を割愛する。そしてわたしは、休日には彼女の祖母の指導で、植木の剪定、樋の掃除、換気扇の取り外しなどをさせられて、この屋敷の男衆として働いていた。

「あの頃、あなたはドストエーフスキイばかり読んでいたわ。ちょうど河出書房新社から米川正夫の個人全訳が毎月出版されていたの。ドストエーフスキイの全集はいまもあなたの部屋にあるわ。カフカの全集も、カミュの全集も、それにベケットの著作集も、埴谷雄高の作品集もそのまま置いてあるのよ。それから、あなたが欲しいとおっしゃっていたデカルトの著作集、この前白水社から再販されたので買い揃えておきました」

その頃、わたしは『分身』という小説を書いていたという。

ある朝眼が覚めると、主人公は肉体を失っており、台所での母親の自分に対する無関心に腹を立てながら電車に乗って大学へ行く。そこにはわが名を名乗る別の自分の身体がいて、自分ならぬ自分が厚顔無恥に振舞う姿を発見する物語。自らの身体を通して「世界」に関わることができぬ主人公を描くことによって、人間存在の不条理性を明らかにしようとした野心作だったという。阿呆かいな。それって、カフカのグレゴール・ザムザとドストエーフスキイのゴリャートキン氏を混ぜ合わせ、さらにポーのウィリアム・ウィルソンを添えて、カミュのムルソーとサルトルのロカンタンを振りかけただけの話ではないか。

それを出だしで躓《つまず》き、途中で転び、都合八回も冒頭から書き直して、ついに完成させることなく投げ出してしまったらしい。創作ノートと反古草紙だけが残ったという。まさに才能がなかったとしかいいようがない。

「何もかも取り入れようと、欲張り過ぎたのよ」と彼女は言った。

「当時安川さんは、あなたが何を思って大学に通って来ているのかわからない、とこぼしていましたわ。授業に出ずに喫茶店で小説ばかり読んでいる。たまに授業に出席しても、講義を聴かずに相変わらず小説を読んでいるって。あれでよくもまあ進級できることだと感心してた。でも、そんなあなたに、四年になってから転機が訪れようとしたの。ゼミの田中教授から大学院へ来ていっしょに研究しないか、って誘われたのよ。夢のような話だったわ」

入学以来、わたしは卒業に必要な最小限の単位しか取得せず、毎日文学書や哲学書ばかり読み耽っていた。そして試験が始まると、わたしは友人たちにノートを借りまわり、一夜漬けの勉強をし、時にはカンニングさえして、まるで綱渡りをするように単位を取得して進級したのだった。

しかし、卒業するためには研究論文を提出しなければならない。生半可なことで出来ることではなかった。そこでわたしは三年になったときに卒業研究を転位論（Theory of Dislocation）にしようと決め、その講義だけは欠かさず出席して勉強に励んだ。おかげでその科目の成績は桁外れに良く、講師の田中教授にも認められた。四年になって彼の研究室に入ってからも個人的に指導を受け、欧米の学会の論文を次々と読まされ、大学院生を凌ぐ学力を身につけたのだった。そして、その頃大学に導入されたばかりの走査型電子顕微鏡による試料観察に、学部学生でただ一人教授のお供をするという栄誉を賜っていたという。

「あなたのお父様もたいへん喜ばれて、大学院へ進学したらよい、事業の跡継ぎを考えなくてよい、とおっしゃられたのよ。そうなのよ、大学教授への道がひらけようとしていたのよ。ところが、あなたは嫌だと言い出した。大学院へ行かせてくれるのなら、その代わりにもうひとつ別の大学に行かせて欲しい、哲学の勉強をしたいと言い出したのよ。このときあたしは、文学なんてよくよく極道なことなんだって思いましたわ」

当時、わたしが通う工業大学から他の大学の文学部へ学士入学する道はなかった。わたしはもう一度希望する大学を受験して、一年からやり直さねばならなかったのだ。これには父が反対した。当たり前の話だ。

しかし、わたしは哲学科を受験すると言ってきかなかったという。父は取引先のメーカーに頼んで、わたしの就職を勝手に決めてしまったらしい。わたしは反発した。話をすれば親子喧嘩になる。母はほとほと困り果てて、わたしを説得するためにこの屋敷を訪れたらしい。そして、母はこの家の玄関に入るや、一瞬にしてすべてを見抜いてしまった、と言うのだ。

「女の勘だったのよね。お母様はあたしのことを売女と罵ったのよ。あなたをあたしに奪われたと思って、嫉妬したのよね。あたしがあなたを誘惑して、堕落させたと思ったわけ。でも、あたしはあなたを思うようにさせてあげてください、ってお願いしたの。嫌々ながらしている勉強が他人《ひと》様以上の成績なんだから、やりたいことをやらせてあげたらとんでもない成果をあげるに違いないって。でも、お母様は聞く耳を持たず、あたしを罵倒し続けたわ。そして、あなたに向かって、この家を出なかったら仕送りを止めると言い出したのよ。あなたは怖気づいて、あたしたちの顔を交互に見比べていたわ。あたしも若かったのよね。ここは売り言葉に買い言葉。あ～

ら、そうですか。どうぞ息子さんを勘当にでも廃嫡にでも好きなようにしてください。あたしがこの人を、あたしが立派に卒業させてみせますから、って言ってしまったのよ」

以来、わたしはこの家の居候であったという。

「とても信じられない……」

わたしはテーブルの上の楊枝入れを弄《もてあそ》びながら呟《つぶや》いた。

「待ってらっしゃい。いま、その証拠を見せてあげるから」

彼女はキッチンで食器を洗いながら弾んだ声で言ったのだった。

その後、わたしは自分が使っていたという部屋に案内された。

「何もかもあなたが出て行ったときのままにしてあるわ」

八畳の洋間に入ると、壁の一面が造りつけの本棚になっていて、文庫に新書、そして単行本、全集等が綺麗に整理されて並んでいた。窓の横に机があって、その上の本立てに『広辞苑』『国語辞典』『古語辞典』『漢和辞典』『哲学辞典』『世界文学小辞典』等々が並んでいる。その横にオーディオラックがあり、アンプやデッキやレコードプレヤーが並んでおり、その棚の下のガラス扉の中にはレコードがびっしりと詰まっていた。スピーカーは本棚とは反対の壁側にあって、その間に『エンサイクロペディア・ブリタニカ』を入れたラックがあり、その上にテレビが置いてある。そして、スピーカーの前に、本棚を背にしてソファーとテーブルが置いてあった。

「あなたが気まぐれに買った『ブリタニカ』のローンも、返済は終わりました。それに、あなたがまだ一冊として読んでいない平凡社の『中国古典文学大系』も済ませました。あなたが出て行ったあとも、あたしはちゃんと支払いました。そして、あなたがいつ帰ってきてもいいように、この部屋をそのままにしておいたの。天気のよい休日に、時々掃除をしに入ったとき、ふと手を止めて、あなたが好きだったジッドの『地の糧』やカミュの『異邦人』、パヴェーゼの『流刑』を拾い読みしたの。そしたらあなたのことが……、あなたと過ごした日々が思い出されて……、涙が……、涙が止まらなくなって……」

彼女はわたしの胸に顔を埋め、泣きながら両手で力なくわたしを叩き始めた。わたしは彼女の両腕を掴まえながら、この得体の知れぬ女性の言動に困惑し、途方に暮れたのだった。

やがて彼女は本棚の前にしゃがみこんで、棚の下の扉を開き、なにやらごそごそと漁りはじめた。

わたしはソファーに座ってみた。天井を見ても、床を見ても、何も思い出せない。間を取るために煙草を吸った。紫煙が壁にかかったゴッホの絵の間を漂い始める。『烏のいる麦畑』の複製画。右手を伸ばせば、そこには灰皿が待ち受けていた。

「あったわよ、これよ。これがあなたの卒業論文よ。卒業証書のほうはこれ見よがしにあなたの実家に送ってしまったけど、卒論のコピーは残しておいたのよ」

彼女は嬉々とした顔でわたしにファイルを差し出した。その緑色の表紙を開いてみると、色褪せたコピー用紙に英文がびっしりとタイプされていた。

少し読んでみた。（次頁参照）

ページをめくってみると、英文の間に、写真や、表や、グラフや、数式が並んでいる。

まったく憶えがない。わたしは首を横に振ってそう答えるしかなかった。

「おぼえがない、ですって？　これはあなたが書いた卒業論文よ。大学院生の三浦さんが、修士論文に引用させてくれと頼みに来たという自慢の論文よ。あそこに置いてあるオリベッティのタイプライターで、あたしたち、交替で打ったじゃない。写真や、表や、グラフを貼り付ける余白の行数を計算して、上手に音節を切って改行できなくて何度も打ち直して、苦労して仕上げた論文じゃない。あなた、忘れてしまったの？」

彼女から見れば、わたしは阿呆のような顔をして首を横に振っていたと思う。

「ほら、ここに……、ここにあなたの名前が書いてあるじゃない」

彼女はわたしからファイルを取り上げて指差した。

「by T.Fushimi」と書いてある。

「わたしじゃない……、わたしは……、モロイだ。そうだ、いま思い出した。わたしはモロイだ」

「何を言ってるのよ。諸井はあなたのペンネームじゃないの！　サミュエル・ベケットの『モロイ』を学んだ、と……」

わたしには彼女が話す内容の九分九厘が理解できなかった。いや、筋の通った話であったから、

8　旅路の果て

Direct Observations of Dislocation Structures in Deformed Polycrystalline Iron by Transmission Electron Microscopy

by T. Fushimi

§ 1 Introduction

In order to understand the deformation mechanism of a plastic deformation structure, it is necessary to have some knowledge of its dislocation arrangements. Direct observations of dislocations by transmission electron microscopy is the strongest method to know dislocation arrangements. In 1956, Hirsch et al.(1) first used transmission electron microscopy to study dislocation structures in aluminum. Since then, many materials have been similarly studied.

In FCC metals with low stacking fault energy, dislocations tend to be confined to slip plane. Piled-up groups of dislocations are frequently observed after slight deformation. In addition, dislocations frequently separated into partials, producing wide stacking faults. For metals such as copper, silver, and nickel with relatively high stacking fault energy, piled-up groups are very rare. In general, dislocations rapidly increase with interactions after slight deformation. They are tangled and form cell structures consisting of dense dislocation walls surrounding regions that are relatively free of dislocation develop with increasing deformation. In aluminum, rather regular dislocation subboundaries were observed after large deformation at room temperature. This is probably due to recovery during deformation.

In BCC metals, similar investigations have been reported. There are many reports in study regarding dislocation structure of polycrystalline iron. Brandon and Nutting(2) observed dislocation distribution of deformed iron and attempted to correlate their observations with work-hardening mechanism. Keh(3) investigated the deformed and recovered structure of rolled iron and correlated the dislocation distribution with the flow stress. Keh et al.(4) studied the effect of deformation temperature on the dislocation structure of iron strained by tension. Recently, many investigations have been reported

---

(1) P. B. Hirsch, R. W. Horne and M. J. Whelan / Phil. Mag. 1 (1956) 677.
(2) D.G. Brandon and J. Nutting / J. Iron. Steel. Inst. 196 (1960) 160
(3) A.S. Keh ; Direct Observations of Imperfections in Crystals (Intersci. Pub. 1961) p213
(4) A.S. Keh and S. Weissmann ; Electron Microscopy and Strength of Crystals (Intersci. pub. 1963) p.231

内容は理解できた。しかし、それらがすべてわたしに関わる話であることだと納得できなかったのだ。わたしには、彼女がとてつもない虚言症のように思えた。だけど彼女にしてみれば、わたしが健忘症に陥っているか、或いは認知症が進行しているとしか思えなかっただろう。

彼女はわたしの隣に座って、わたしを諭すように一段と熱を込めて語り始めた。

「いいこと？　あなたは卒業の年に結局大学を受験しなかったの。真空溶解炉の具合が悪くて純鉄の製造が遅れ、その年に大学に導入された電子顕微鏡の使用が各科から殺到して順番がなかなか取れず、卒論が間に合わなくなってきたの。その年は受験どころじゃなくなったのよ。そして、一浪して志望の大学を受けることにしたの。

あたしは予備校へ行くことを勧めたけど、あなたはいまさら格好悪いと言って取り合わなかった。いまの学力で充分合格できると自惚れていたわ。そりゃあ、数学や、物理や化学はお手のものね。それに国語。前の受験のときは自信がなかったけど、大学の四年間に六百冊あまりの本を読んだおかげで、現代国語がわからなかったのが嘘みたいだとはしゃいでいたわ。そして、英語。中学一年から大学二年まで八年間英語の授業を受けたけど、英語はわからなかった。ところが専門課程に入ってから、英文のテキストや論文を毎日大量に読まされて、英語を勉強しているのか、物理を勉強しているのかわからない、ってぼやいていたわ。そして、ついには眠ったときも英語でうなされ、英語で夢をみるようになった。これって、英語脳になった証拠なのよネ。四年になったときには、入学のときに買ったコンサイスの英和辞典を一冊潰していた。英語が授業の目標のときはまったく身につかず、物理の授業の手段になってやっと身についたのよね。卒業してからは、時事の勉強も兼ねて『Newsweek』を購読し始めたの。わが国のメディアでは発表されない情報が書かれていると、あなたはずいぶん感心していた。ところが受験英語となるとてんでわからなかったの。卒論を英語で書き、毎週『Newsweek』を読んでいるあなたが、受験英語の練習問題を答えられなかったの。これは文部省の指導が悪いからだって、あなたは喚き散らしていたわ。面白かったわよ、自慢家のあなたの鼻が折れて……。でも、あなたのためにはよかったと思うの。社会は前回と同じ日本史と、今度は文系だからもう一科目必要で、倫理社会を受験することにしたの。これは将来哲学を勉強するためもあってずいぶんと意気込んでいたわ。そして、あたしはこのとき初めてローンを組んだのよ。それというのも、あなたが中央公論社の『世界の名著』シリーズを全巻読むと言い出したからよ。あなたのお母様に、あなたを一人前にしてみせると啖呵をきった手前、無収入のあなたに代わって全巻一括購入をしたのよ。でも、欲しい欲しいと言ってたわりに、あなたは読まなかった。

あなたが読みたかったのは小説だったのよね。その頃あなたはヌヴォー・ロマンに興味をもっていて、アラン・ロブ＝グリエ、クロード・シモン、ミッシェル・ビュトール、ナタリー・サロートといった作家の作品を読んでいたわ。そして、そのあいだに白水社からサミュエル・ベケットの著作集がでる、新潮社からアルベール・カミュの全集がでる、河出書房新社から埴谷雄高の作品集がでる、あなたはそれらを片っ端から読んでいった。見ていて気持ちがいいくらい。

さらに白水社から「小説のシュールレアリスム」の叢書がでたの。アルフレッド・ジャリの『超男性』、ルイ・アラゴンの『アニセまたはパノラマ』、ギヨーム・アポリネールの『虐殺された詩人』、フィリップ・スーポーの『流れのままに』、ジョルジュ・ランブールの『ヴァニラの木』、ロベール・デスノスの『自由か愛か！』、レーモン・クノーの『はまむぎ』、ルネ・ドーマルの『類推の山』、ジュリアン・グラックの『アルゴールの城にて』、アントナン・アルトーの『ヘリオガバルス』、アンドレ・ブルトンの『ナジャ』、レーモン・ルーセルの『アフリカの印象』、あなたはまるで呪文のように唱えていたわ。

そうなるともう受験どころじゃなくなったの。次から次へ、まるで敵《かたき》のように本を読んでいったわ。あなたは口では受験受験と言っていたけど、正直あたしはもう諦めていました。あなたが望んでいた東京大学文学部哲学科、科学哲学専攻、これではとてもじゃないけど受からないと思っていました。大森荘蔵の弟子になりたいと希《ねが》っていたけど、とても無理。受験は別の世界なのよ。あなたも充分わかっていたと思うの。それに、あたしもその方がよかった。だって、あなたが東京へ行ってしまったら、あたし、どうすればいいのよ。

そんなある日、あなたはほんとうに偶然にガルシア＝マルケスの『百年の孤独』を見つけてきたの。そして、その日の午後から翌朝までかかって一気に読んでしまったのよ。あくる朝、あなたは目を真っ赤に腫らして、あたしにこう言った。

「南米のコロンビアに、とんでもない作家がいる」

それまで南米の作家で知っていたのはボルヘスくらい。でもボルヘスはヨーロッパの範疇で捉えていたのよね。

ガルシア＝マルケスに喚起されてひとたび中南米の文学に眼を転じてみると、いるわいるわ、超弩級の作家が目白押しにいたの。キューバのアレッホ・カルペンティエールをはじめとして、同じくギジェルモ・カブレラ＝インファンテ、レイナルド・アレナス。メキシコのファン・ルルフォ、オクタビオ・パス、カルロス・フェンテス。グァテマラのミゲル・アンヘル・アストリアス。ペルーのマリオ・バルガス＝ジョサ。チリのホセ・ドノソ、そしてイザベル・アジェンデ。ウルグアイのファン・カルロス・オネッティ。アルゼンチンはホルヘ・ルイス・ボルヘスを筆頭に、フリオ・コルタサル、エルネスト・サバト、マニュエル・プイグ、もう切がないのよ。

まさにブームだったのよね。ちょうどその頃、国書刊行会から「ラテンアメリカ文学叢書」が刊行され始めていた。それに集英社から「世界の文学」シリーズが……。集英社版では今まで知らなかった作家の作品を本当にたくさん翻訳してたわ。あなたはもう熱に浮かされたように読み耽っていたの。

この集英社のシリーズで、あなたはさらにジョン・バース、フラン・オブライエン、ギュンター・グラスを発見したの。あなたは世界の一級の作家を探りあてる確かな嗅覚を持っていたと思うの。だから文学に関して、教えを請う師はなく、ともに語る友もなく、独り黙々と好きな小説を読み続けるだけで、あたしの欲目かもしれないけど世界の一級の文学を身につけることができたのよ。あなたの話はあたしからどんどん遠ざかっていったわ。あたしの理解を超えていったのよ。でも、あたしはあなたのお母様に啖呵を切った手前、少なくとも経済的にはあなたを援助しようとひそかに誓いを新たにしたの。

話は前後するけど、卒業後しばらくして、あなたは新しい小説を着想したの。題は『至高の者』。表題としてはもうひとつだと思ったけど、あたしは黙っていたわ。

あなたは言った。創造が破壊のひとつの過程であり、知性の高揚が痴呆性の進行であることを示す。漆黒の闇の中で、自らの存在を賭けて語り続ける主人公。それを全編改行なし、固有名詞をいっさい使用せずに書く。さらに物語性の欠如、語りの矛盾及びズレによって、読者に作家的想像力を強要する。そんな作品を書く、と。

かつてウラジーミル・ナボコフは、よき読者であるために、「想像力をもっている」、「記憶力をもっている」、「辞書をもっている」、「なんらかの芸術的センスをもっている」ことを提示した。これ、あなたの受け売りよ。あたしに話してくれたの。『ヨーロッパ文学講義』に書いてあった、と。その時、あなたはもうひとつ「文学的素養をもっている」ことを主張したの。でないと、引用や暗喩、下敷きや準拠枠の意味がない、と。あたしはあなたの意見に反対だったわ。それじゃ、一般の読者を締め出してしまうじゃないの。ナボコフの条件だってずいぶん高いハードルよ。あなたはそれよりさらに高いバーをクリアする読者を求めたのよ。それも処女作で……。

そしたら、あなたは『新古今和歌集』をもちだして反論したわ。『万葉集』以来のわが国の和歌文学の歴史のなかで、その頂点に位置する『新古今集』をどれくらい理解できるか、ためしに岩波文庫で読んでみろ、と。岩波文庫版は校訂がなされているだけで、注解がないのよね。まず歌の作者がわからない。摂政太政大臣、太上天皇、後徳大寺左大臣などと、身分の高いひとは名前でなく官職で書かれている。それに『新古今集』の特徴である「本歌取り」という技巧がなされていても、その「本歌」がわからない。さらに『源氏物語』や『伊勢物語』が踏まえてあってもわからない。なるほど先人の和歌や物語に通暁せずしてはとても読めたものではないの。だから現代のわれわれが『新古今集』を理解するためには、詳細な注解がなされた本に拠らなければならない、と。

そして、あなたは言ったわ。現代の作家は古今東西の文学作品を読んで勉強しており、それらの成果を踏まえて、方法はもちろんのこと、暗喩や引用、下敷きや準拠枠など『新古今和歌集』に劣らぬ技巧を駆使して創作している。だから読者も彼らの作品を理解するために、古今東西の文学に関する素養を身につけておいて欲しいのだ、と。そして、こう付け加えたの。涙を誘うい い話や、人生のためになる話なんか、もううんざりだ。

あなたは『至高の者』の創作ノートを書き始め、構想を練って、プロットの下書きを始めたの。創作ノートは『独嘯記《どくしょうき》』と名づけ、副題を『手帖I』として、それから書き継いで『手帖V』までここにあるわ。あなたはこの頃から号を独嘯と名乗り始めたの。憶えてる？

また、あなたは書店や図書館で、あなたが書こうとする各テーマに関する本を集めてきて、それらを読んで気に入った部分をルーズリーフのノートに写し始めたの。そのノートは『パンドラの匣《はこ》』と名づけられ、テーマごとにファイルしていったわ。「哲学一般」「存在論」「精神病理学」「天文学」「生物学」といった項目のほかに、「性（エロス）」「犬（ＤＯＧ）」「スカトロジー」なども加えてファイルしたの。これもローマ数字で整理して五冊あるわ。

その頃のあなたの生活は、午前三時に就寝して、九時に起きるのが学生時代からの習慣だった。あたしはとっくに仕事に出て行っていたので、あなたは近所の「ぱるちざん」という喫茶店へ行って、そこのモーニングサービスで朝食を済ませていたの。そこで新聞や週刊誌を読んだり、また「カウンター組」と呼ばれる常連の人たちと世間話をしたりして帰ってくる。プロ野球の話になると、巨人ファンだから肩身が狭いとこぼしていたわ。ここは中日ファンばかりだから。そして午前中いっぱい、昨日読んで付箋をつけたところをノートに写していったの。午後は創作に関連した本を読んでいた。創作意欲が喚起される作品を求めて次々と新しい小説を読んでいったの。

創作に関連した本といえば、例えばあなたは「犬」についてずいぶん研究していたわ。『ブリタニカ』から始まって、平岩米吉の『犬の行動と心理』『犬の生態』、コンラート・ローレンツの『人《ひと》イヌにあう』、今泉吉晴『犬の世界』、大野淳一『犬・その銘柄』など、そして小説は戸川幸夫『高安犬物語』、沼田陽一『コメディアン犬舎の友情』、佐江衆一『犬が鏡をのぞくとき』などを読んでいたの。それを傍らで見ていて、あたしは「いっそのこと、犬を飼ってみたらどう？」って提案したの。実際に犬の生活や習性がよくわかるんじゃないかと思って。ところがあなたは大反対。犬の世話なんか嫌だ、できないと言うの。あなたが犬を好きなんだと思って、この家で飼うのを遠慮していると思って言ってあげたのに、犬なんか飼わない、と言い張るの。それにプロの物書きになるためには、犬なんか飼わなくても犬の話が書けなくては駄目だと言うの。殺人の小説を書くために人殺しをするのか、泥棒の話をするために泥棒をするのか、ってすごい剣幕だった。ほんとうのところはあたしが犬を飼ってみたかっただけなのに、あなたはずいぶん勘の鈍い人だった。でも、あなたもついに犬を飼ったのね、マルクスとかいったけど……、かわいそうなマルクス……。こんどは二人でマルクスに劣らぬ可愛い犬を飼いましょうね。

あなたは本を読んだり原稿を書いたりしながら、ここのステレオ装置で絶えず音楽を聴いていたわ。それもモーツァルト一本槍。学生時代から大好きだったのよね。あたしもこの部屋であなたと一緒に聴いたのを思い出すわ。『アイネ・クライネ・ナハトムジーク』、交響曲の『三十九番』と『四十番』、オペラの『フィガロの結婚』や『魔笛』、ピアノコンチェルトは『二十番』、また『クラリネット五重奏』、そして『レクイエム』。

ある日、あなたはグレン・グールドが弾いたモーツァルトのピアノ・ソナタのアルバムを買ってきたの。その冒頭の「十一番」（トルコ行進曲付）を聴いたとき、ソファーから転げ落ちたと、あなたは何度も教えてくれたわ。そのテンポの遅さに、もっと速く弾いてくれといわんばかりに前につんのめってしまった、と言うの。また、「八番」は駆け抜けるような速さ。どちらも聴きなれた曲だったにもかかわらず、とても新鮮な味わいがあった、と言うのよ。それからのあなたは、「グールド、グールド」と唱え始めた。でもひと言言わせてもらえば、あたしはグレン・グールドのこれ見よがしの演奏が好きになれなかったわ。はっきり言って、嫌いだったの。

あなたはグレン・グールドが演奏したレコードを集め始めた。それも今度はバッハばかり。あのいまは伝説となった『ゴールドベルグ変奏曲』を皮切りに、『平均率クラヴィーア曲集』、『インヴェンションとシンフォニア』、『パルティータ』、『フランス組曲』、『イギリス組曲』、『フーガの技法』などなど。そしたら次は同じ曲を、演奏者を代えて聴きたがる。ヘルムート・ヴァルヒャ、カール・リヒター、スヴャトスラフ・リヒテル、挙句の果てにランドフスカが聴きたいと言い出す始末。

こうなれば明けても暮れてもバッハばかり聴いていた。『ブランデンブルク協奏曲』、『管弦楽組曲』、『無伴奏バイオリン・ソナタ&パルティータ』、『無伴奏チェロ組曲』、『ロ短調ミサ』、『マタイ受難曲』などなど。これもリヒターだ、シェリングだ、カザルスだと言い出して、いつか『バッハ頌』を書きたいと夢見てた。

でも、そんなに毎日毎日音楽を聴いていても、あなたはけっしてコンサートに行こうとしなかった。あたしがいくら誘っても頑として言うことをきかない。あなたは言った、二流の奏者の生の演奏よりも、一流の奏者が演奏するレコードの方が感銘は深い、と。

だけど絵画は別だったのよね。画集はカタログにすぎない、ってあなたは口癖のように言っていたわ。実物を見なければ意味がないって。あなたが初めてこの家にいらしたとき、あたしが持っている美術全集をみて、莫迦にしたような言い方をしたわ。そのくせ暇なときにはその美術全集のページを繰っていたの。莫迦みたい。

初めてお会いした頃、あたしたちはよく県立美術館の前で待ち合わせたけど、こんなところを指定するなんてずいぶん気障《きざ》なひとだと思っていたの。でも、ほんとうに絵が好きだったのよね。県立美術館は展示が替わるたびに行ったし、百貨店の小さな展覧会にもずいぶん足を運んだわ。印象派、バルビゾン派、ロートレック、ゴッホ、セザンヌ、ルドン、クリムト、ピカソ、マティス、ムンク、ウォホール、挙げたら切がないわ。

当初あなたはオディロン・ルドンが大好きで、「ルドン展」には会期中に三度も行ったのよ。あたしはあなたといっしょに一回しか行かなかったけど、あとの二回はあなた独りで行った。そして、展覧会に行ってもカタログなんか買ったことがないあなたが、「ルドン展」では珍しく買ったりして、その石版画を観ながら、『至高の者』の挿絵に使いたい画がたくさんあると言って喜んでいたわ。

ところがあなたはアントナン・アルトーのゴッホ論を読んでから、宗旨が変わったように「ゴッホ、ゴッホ」と唱え始めた。ゴッホに関係する本を、積み上げたら一メートルになるくらいは読んでいたわ。そして、ゴッホの絵を求めて美術館の催しを遍歴したの。あるとき、展覧会の催場でゴッホの『烏のいる麦畑』の複製画を見つけて、それを欲しいと言い出した。複製画といっても、十五万円もしたのよ。日ごろは、画集はカタログに過ぎない、本物を見なければ意味がない、と御託を並べているあなたが、複製画を欲しいと言い出した。余程のことなのよね。あたしにはわかった。それに、あなたのお母様に啖呵を切った手前、いいえ、もうその話はもうよしましょう。その頃のあたしは、そんなこと関係無しにあなたに入れ込んでいたのだから……。これは定期預金を崩して買いました。ほら、目の前にあるその絵のことよ。あなたはうわ言のように「オランダへ行きたい」と言っていたわ。その絵の実物を観るためにね。だけど、そればかりはあたしも応《こた》えてあげることができなかった。

あなたの日常のすべてが創作にむかっていたのよね。だから小説はもちろんのこと、音楽、美術、演劇など、あらゆるものを動員して絶えず芸術的高揚感を高めようと努力していたと思うの。あなたは創作のことで頭がいっぱいだった。夕食後にテレビのニュース番組を見たあと、あなたは風呂に入り、それからこの部屋で原稿用紙にむかったの。そこはもうあたしのうかがい知れない世界だったわ。あなたは身を削るようにして原稿を書いていった。

「この原稿に使っているインクはオレの血だ」

あなたはこんなことを言ってあたしを驚かせたのよ。

そして、ときどき原稿を読んで聞かせてくれることもあったの。ほとんどが自慢のプロットのところで、石運びの鬼の話や、ビー玉を呑み込んだ話、犬が病気になった話、それから自慰の仕方のこまごました話なんかだった。あたしにはどこが面白いのかわからなかったけど、自慰の話だけは表現が生々しくて嫌だと話したのを憶えているわ。

そのほかに、ある夜あたしが刺繍をしているところへやって来て、黙って原稿を差し出すこともあったの。ちょっと自信がないところを読んでみてくれというわけ。というのも、固有名詞を一切使わないという作品だったので、例えばサルバドール・ダリのことを書くのに、もってまわった表現しか出来ず、これを読んでダリのことだとわかるだろうか、って言うのよ。あたしは日ごろからあなたの話を聞いているので、その話がダリのことだとすぐにわかったけど、一般的には無理じゃないの、って答えたわ。あなた、すっごく落胆した様子だった。ごめんね。

あたしがそう無理をせずに固有名詞を使うように言っても、あなたは頑として言うことを聞かなかった。次の作品で固有名詞を氾濫させるように使用して、固有名詞の意味をなくしてしまうんだ、と話してくれたわ。でもね、処女作から手足を縛ったような表現で書くなんて、ちょっと無謀だったんじゃない？

文学に関して、あなたはあたしのようなものしか相談する相手もなく、独り呻吟しながら小説を書いていたわ。原稿用紙一枚につき、関連した内容の本を一冊以上は読んでいたと思うの。だから原稿は遅々として進まない。それでもこまめにノートを取ったり、ファイルを作ったりしている。よくもまあそんなに根気があるものだと、あたしの方が感心していたくらいよ。

でも、ほんとうに行き詰って書けなくなったときは大変だった。黙りこくって、煙草ばかり吸っているの。話しかけても上の空。そうなるとあたしも腫れ物に触るようにしていたわ。そして、やがてあなたは『唐宋八家文』を読み始めるの。これがいつものパターンだった。一度作品から離れようとしたのよね。

あなたは韓愈と蘇軾が大好きで、とくに韓愈のいくつかは諳んじていたわ。

士《シ》ノ特立独行《トクリツドッコウ》、義《ギ》ニ適《カナ》フノミニシテ、人《ヒト》ノ是非《ゼヒ》ヲ顧《カエリ》ミザルハ、皆豪傑《ミナゴウケツ》ノ士《シ》、道《ミチ》ヲ信《シン》ズルコト篤《アツ》クシテ、自《ミズカ》ラ知《シ》ルコト明《アキラ》カナル者《モノ》ナリ（注7）。

韓愈の『伯夷《はくい》頌』の冒頭よ。まるで門前の小僧だわ、あなたの横にいて憶えてしまった。それからこれもどう？

世《ヨ》ニ伯楽有《ハクラクア》リテ、然《シカ》ル後《ノチ》ニ千里《センリ》ノ馬有《ウマア》リ。千里《センリ》ノ馬《ウマ》ハ常《ツネ》ニ有《ア》レドモ、伯楽《ハクラク》ハ常《ツネ》ニハ有《ア》ラズ。故《ユエ》ニ名馬《メイバ》有《ア》リト雖《イエド》モ、祇《タ》ダ奴隷人《ドレイジン》ノ手《テ》ニ辱《ハズカシ》メラレ、槽櫪《ソウレキ》ノ間《カン》ニ駢死《ヘイシ》シテ、千里《センリ》ヲ以《モッ》テ称《ショウ》セラレザル也《ナリ》（注2参照）。

あなたは天才数学者エヴァリスト・ガロア（注3）や悲劇の画家フィンセント・ヴァン・ゴッホの話を聞かせてくれたわ。彼らの才能を見抜く伯楽に出会わなかったために、共に天才を認められることなく死んでしまった。今のあなたの様子じゃ、あなたも名伯楽とは出会わなかったようね。

工業大学へ来て漢文ばかり読んでいる変わった奴がいる。それが第一印象だったと安川さんが話していた。入学当初、あなたは高校時代の古典の教師だった井手先生の影響で朝日新聞社の「中国古典選」を読んでいたらしいの。『論語』『孟子』『荘子』『史記』『唐宋八家文』、今もこの部屋の書棚にあると思うわ。あたしはあなたが漢文を読んでいる姿をあまり見かけなかったけど、おりをみて読んでいたのね。というのも、卒業してから磯田さんが結婚したとき、あなたが漢文で祝辞を書いたのを見て、正直あたしはびっくりしました。あなたは朗々と読んで聞かせてくれたわ。あなた、憶えてる？

また調子よく原稿が書けているときも問題があったの。あなたは気分が高揚してくると、あちらの方も元気がでてくるのよ。あたしは勤めがあるから眠るのはいつも十一時過ぎ。あなたは午前二時半を過ぎてからようやく寝室に入ってくるの。その頃、あたしたちは同じ部屋で寝ていたわ。いつもなら隣のベッドでおとなしく山頭火の日記なんかを読んで眠るのだけど、高揚しているときは、あたしに悪戯するの。

あたしが眠っていると、なにか変な気持ちになってきて、暗闇の遠い向こう側であたしの意識がぼんやりと目覚めるの。夢の中で「なんだろう？」なんて思っているうちに、やがてあなたがあたしの身体を弄《まさぐ》っているのに気がつくの。せっかく気持ちよく眠っているのに……、なんて思いながらもあたしが寝返りを打ってあなたに両腕を差し出すと、あなたは狂ったようにあたしの身体を求めて挑んできたわ。あなたは若く、エネルギッシュで、それはそれは激しいものでした。

あたしも若かったのね。肉欲の権化と化したあなたを鎮めるために、あたしは全身であなたを受け止めた。あなたは様々なかたちを試みました。あたしも様々なこたえを出しました。そして、やがてあなたが果てると、あなたはさっさと身繕いをして大鼾で眠ってしまったの。ひとの身体に火をつけておいて先に眠ってしまうなんて、ずいぶん身勝手なひとだと何度も恨んだわ。あなた、わかっていたの？

そんなこんなであなたはようやく『至高の者』の原稿を書き上げたの。書き始めてから四年の歳月が経っていたわ。もちろんその間ずっと書き続けていたわけではなかった。あなたはときどき思い出したように仕事をすると言い始め、塾の講師をしたり、運送屋の助手をしたり、郵便局の配達のアルバイトをしたの。でも、どれひとつとして長続きしなかった。塾のときはあたまの悪い野郎たちに数学を教えるのは嫌だと言って勝手に辞めてしまうし、運送屋の助手のときはぎっくり腰になって病院へ担架で運ばれた。傑作だったのは郵便局のとき。あなたは元気よく自転車に乗って配達に出て行ったけど、途中で自分がどこにいるのかわからなくなって、迷子の郵便配達夫を演じてしまったのよ。あなたは恥ずかしくて二度と郵便局へは行かないと駄々をこねたの。実生活はてんで駄目だったのよ。

でも、三百枚の原稿をようやく書き上げて、あなたは私淑する埴谷雄高さんに早速手紙を書いたの。あなたの経歴・文学論を長々と書いたけど、要は作品を読んで批評して欲しいとお願いしたわけ。あたし、不思議に思ったのだけど、あなた、どうして埴谷さんに手紙といっしょに原稿を送らなかったよ。放り投げてしまえばよかったのに……。やがて埴谷さんから返事の葉書がきたわ。最近は白内障で原稿が読みづらいから真継伸彦さんに原稿を送るようにって。当時埴谷さんは『死霊』の続きを発表していて、創作意欲はまだまだ健在だったけど、とにかくご高齢だったので、他人の原稿を読むのはたいへんだったと思うの。あたしだってこのごろは回覧板を読むのにまず眼鏡を探さねばならないのよ。埴谷さんのことをずいぶん恨めしく言ってたけど、あなただっていまになればわかるでしょう？　だんだん活字を読むのが辛くなるのよね。あなたは言われたとおりに真継さんに原稿を送ったわ。でもあなたは真継伸彦の小説を読んだことがなかったの。『鮫』という小説を書いた作家であることぐらいしか知らなかった。もちろんどんな文学観の持ち主か知る由もない。そして、真継伸彦の小説を読もうとさえしなかったの。あなたは埴谷さんに言われるままに真継さんに原稿を送ってしまったのよ。

それからのあなたは毎日「筆読」するのが日課になった。「筆読」なんてあなたの造語だったと思うのだけど、活字になった小説を、逆に原稿用紙に写しとりながら読んでいくのよ。確か梶井基次郎の本で倣ったとあなたは言っていたわ。作者の呼吸までわかるらしいの。その時あなたは三浦哲郎の『忍ぶ川』を写していた。自分にはとても書けない上手な小説だと、ずいぶん感心していたわ。

「筆読」するのに市販の原稿用紙を使うのがもったいないから、あたしが勤め先の学校で、わら半紙に原稿用紙の桝目を印刷してきたの。あなたはその用紙に写していったわ。以前は立原正秋の『薪能』を写したこともあったのよ。三浦哲郎も立原正秋も、あなたとはずいぶん離れた作風だと思うけど、彼らの作品を選んだのは、あなたにバランス感覚があったからだと思うの。どちらも、あなたにまったくないものをもっていたと思うの。

やがて真継さんから葉書がきたわ。ところが、見てびっくり。書痙で手が震えたたいへんな字だったのよ。小説家なんて、よくよく因果な職業なんだとあたしは思ったわ。そして、その返事が思いもよらぬ内容だった。わが国の現代文学の水準にとても及ばぬ作品だと言われたの。

あなたはカチンと頭にきた。ほかの言葉であればさもあらんと謹聴する。文章が下手だ、構成が悪い、面白くない、独りよがりの作文だと、何を言われても我慢する。しかし、この言葉だけは納得できない。世界文学の水準にとても及ばぬわが国の現代文学、その水準にさえ及ばぬと言われては我慢ができない。真継の野郎、どこを読んだのだ、何を読んだのだと、あなたは荒れ狂ったの。『至高の者』は、わが国の現代文学の水準を十年は跳び越えてしまったと、あなたが自負した作品だったから。

でもねえ、無理もなかったと思うの。あなたが小説の物語性を無視して書いたのが、固有名詞を使用しないなどと手足を縛ったような表現をしたのが、未熟だと判断されたのよ。例えばあなたがすでに何らかの文学賞をとって認められた作家なら、それなりにあなたの意図を探ってくれて、深読みもしてくれたと思うの。でも無名の新人が書いた、文学の常識を覆すような作品を理解してくれと望むほうが無理だったのよ。

以前あなたは百科事典の訪問販売の仕事をしようとして講習を受けたとき、「セールスは断られたときから始まる」と教えられた、と言っていたじゃない。みんな同じよ。一度くらい断られたからといって挫けていたら何もできないのよ。今度はもっとわかりやすい小説を書いて、どこかの新人賞にでも応募しましょうよ。あたしはそう言ってあなたを慰めたわ。

あなたは創作のためのノートも取らなくなった。「筆読」もしなくなった。そして、あなたは仕事を探してくると言って、職業安定所へ出かけるようになったの。でも、本当は鶴舞駅前の「金龍」でパチンコしてたんじゃない？　とても本気で仕事を探しているようには見えなかったわ。図星でしょ。

そんなあなたが溌剌とした顔を見せたのは、それからどれくらい経ってからだったかしら。あたしが仕事から帰って、乗用車を車庫に入れていると、珍しくあなたが迎えに出てきたの。機嫌がいいってひと目でわかったわ。そして、あたしが自動車のドアを開けるなり、開口一番こう言ったの。

「たいへんな作家を発見した」

あなたの「たいへんな作家」は、トマス・ピンチョンのときもそうだったし、ジョン・バースも、セリーヌも、ゴンブロヴィッチも、シュルツもみんなそうだった。初めて読んだ作家の小説が気に入ると、みんな「たいへんな作家」になったのよ。だからあたしにしてみれば、仕事から帰ったばかりで疲れていて、「そう？　こんどはだれ？」という気分だったの。あなたはいつも相手のことなんか考えずに、自分のことばかりみさかいなしに話し始めるのよ。

あなたはあたしが買ってきたスーパーの買い物袋を両手に提げて、あたしの後について家に入り、それらを冷蔵庫に入れている間も、あたしが部屋着に着替えている間も付きまとうようにして喋り続けたわ。そして、そのとき話したのが高橋源一郎の『さようなら、ギャングたち』だったの。

それがもうべた褒め。わが国にこんな素敵なアヴァン・ポップの小説を書く作家がいたなんて、とても信じられない。こんなに感動したのは、リチャード・ブローティガンの『アメリカの鱒釣り』を読んで以来だ。高橋源一郎は、あなたが望んでいたような小説を、あなたが考えていたより上手に、あなたより先に書いてしまった、とあなたは言ったの。日ごろ自慢家のあなたが他人を褒めるなんて、ずいぶん珍しいこともあるもんだと思ったわ。そして、わが国の文学の将来は高橋源一郎に委ねていい、もう自分が小説を書く必要なんかない、と言い出す始末。でも、これはまた新手《あらて》の麻疹《ハシカ》に罹《かか》ったぐらいにしかあたくしは考えていなかったの。高橋源一郎があなたの命取りになるなんて、とても思わなかったのよ。

それから数日後、あなたは珍しく書斎にしていたこの部屋を片付け始めたの。いつもならあたしがあなたを追い回すようにしてこの部屋を掃除するのに、あなたが自分から本やレコードを整理して、反古の原稿をいっぱい紙袋に詰めていたの。「そんなことをすると、雨が降るわよ」なんて言って、あたしはあなたを冷やかしたわ。

ところが、どうも様子がおかしい。裏庭でごみを焼いているあなたの姿が変に哀しそうだった。そっと近寄って覗いてみると、あなたは反古の原稿といっしょに、送り返されてきた『至高の者』の原稿を焼いていたのよ！

「なにをするのよ！」

あたしは必死になってあなたを止めたわ。素手で炎の中の原稿を取り出そうとしたの。あなたはあたしを後ろから抱きかかえるようにして、火から引きずり離してこう言ったの。

「おまえには関係ないことだよ」

「どうしてあたしに関係ないのよ！　あたしはこの原稿が出来上がるまで、陰日なたになってあなたを支えてきたつもりよ！　あなたを一人前の作家にすると、あなたのお母様に啖呵を切った手前、あたしも覚悟を決めてきょうまであなたを支えてきたわ。いいえ、あたしはあなたの母親になったつもりであなたの面倒をみてきたのよ。あなたのことを思う心はだれにも負けないわ。

確かにこの原稿を書いたのはあなただわ。でも、少なくともその半分はあたしの思いも入っているのよ。でなきゃ、あたしがこれまであなたにしてきたことはいったい何だったのよ。それを……、それをどうしてあたしに関係ないと言うのよ！」

あたしは泣いてあなたに抗議したわ。あなたは涙を流しながらあたしを抱きしめた。あたしたちは抱き合い、地に跪《ひざまず》いて声を上げて泣いたのよ。

高橋源一郎はあなたにとって悪魔だった。あたしはそう思ったの。悪魔があなたの大事な原稿を焼いてしまったのよ。もう、取り返しがつかない。

そして、あなたは不意とこの家を出て行ってしまった。

あたしがどれほどあなたを恨んだか……。いいえ、もう愚痴は申しません。あれからずいぶん時間が経って、あたしの心もとっくに整理がつきました。叔父や伯母にはたくさん見合いをさせられましたけど、○（まる）は駄目、□（しかく）は嫌いと言い逃れ、ついに独身を通してしまいました。

あなたは夢破れて故郷へ帰ってしまった。後に安川さんがハガキで教えてくれたわ。あなたが実家に帰って、高校の物理の先生になっているって。あなたはおめおめとお母様のところへ帰ったのよ。意気地なし！　大学院にも進学せず、友達たちのように一流企業にも就職できず、作家になる夢まで捨てて、負け犬になって尻尾を巻いて帰ったのよ！　どう、図星でしょ！

きょう、あなたとぶつかったとき、最初はあなただと気がつかなかったわ。もっとも、あなたはいまもあたしのことを思い出してはくれないけど……。それはともかく、気絶していたあなたを抱き起こしたとき、ずいぶんくたびれた老人だと思ったわ。衣服も身体もぼろぼろだった。ところがあなたがワンちゃんとの経緯を演説し始めたとき、「もしや……？」って思ったわけ。だってつまらぬことをご大層に話す口調が昔のまんまなんですもの。そして、とりあえずあたしの家に連れて帰ろうと思ったの。

でも、やっとその気になって帰ってきたのよね。いいえ、あたしにはわかっていたわ。あなたは必ずこの家に帰ってくるとわかっていたの。いくらあなたが文学を諦めたといっても、あなたは文学の業を背負ってしまった人間なのよ。書かずにはいられないのよ。書くことから逃れられないのよ。

あなたが小説を書くためなら、あたしはどんな援助も惜しまないわ。あなたの影響で、あれからも文学を少しは勉強したから、以前よりはあなたの相談相手になれると思うの。それに、長年の勤めも果たして、それなりに蓄えもあるし……。だからあなたが必要とする本もいっぱい買ってあげられると思うの。

あなたにしても、この家を出てからふたたび帰ってくるまでに、様々な人生経験をしたと思うの。喜びも哀しみも、世の中の酸《す》いも辛いも充分味わってきたのでしょ？　それに勉強好きの、学校嫌いで勉強好きのあなたのことだから、きっとたくさんの本を読んで、いろいろな知識を蓄えていると思うの。それらはきっとあなたの作品に厚みを与えると思うわ。『至高の者』では気づかずに素通りしてしまった問題も、こんどは語ることができると思うのよ。

あなたは以前のようにこの家で思うままに生活したらいいのよ。あたしがもう一度お世話をするわ。あなたは好きなときに眠って、好きな時間に起きればいいの。遠慮することないわ。そして、好きなだけ小説を読んで、思うままに好き勝手な話を書けばいいのよ。読者を甘えさせることなく、評者に媚びることのない、毅然とした小説を書くのよ。あなたは言ってたじゃない、

「わが国の現代文学を十年は跳び越えた作品を書く」と。あなたならきっと素敵な小説が書けると思うわ。あたし、保証するわ。

あなたならきっと書ける。高橋源一郎に一度は吹き消されてしまった情熱を、ふたたび点火することができれば、そして『至高の者』を書いていたころの文学に対する情熱が、ふたたびあなたのこころに宿りさえすれば、きっとわが国の文壇を驚かせるような小説を書けると思うのよ。ほら、あのころよくあたしに言ってたじゃない、「わが国の現代文学の極北をめざすんだ」と。

お願いだからもう一度小説を書いて！　灰にしてしまった『至高の者』をもう一度語りなおしてもいいわ。お願いだからあたしの言うことを聞いて！　ねえ、あなた！　あなた、聞いてるの？　あなたっ……、もうっ……、眠ってる……」

9　錆びた自転車

目が覚めるとベッドに寝ていた。そして、布団の中で裸だった。ここはどこだろう？　薄暗い部屋の中で白い天井を見つめながら考えた。あの女の家だろうか？　あの女？　あの女とは誰だ？　名前は知らない。母ではなかった。わたしは死んだ犬が入った段ボール箱を抱えて、女の家の門をくぐった。いや、その前に自転車だ。自転車はどこに置いたのか？　確かに女の家の門の前に置いた。段ボール箱を載せた自転車を、女と二人で押してきたのだ。

いや違う。わたしと自転車を押したのは、白い帽子を被った丸い顔の女だ。白い服を着た小太りの女。わたしはその女に促され、白い館の中に入った。

先生と呼ばれていたあの不器用な若造が自転車を修理すると言った。それ以後自転車を見かけていない。ここは白い館の中？　わからない。

さて、どちらが真実か？

わたしは女の家の裏庭でわたしの犬を埋葬した。穴は女が掘った。女はその犬のことを「あの子」と言って泣き崩れた。「わたしたちの子」とも言った。聞き違えたのだろうか？　涙声だったのでよく聞き取れなかった。犬は神に召された。The dog was called by God.

そのあと食堂で女は元気よく大きな声で話した。女が話す内容はよくわかった。それはわたしの人生なのだと訴えた。しかし、女が話したわたしの人生は、わたしにはまったく身に憶えのないものだった。或いは女が何か勘違いをしているのかもしれない。例えばわたしを他の人物と思い違いをしているのかも。よくあることだ。それともわたしが彼女と過ごした人生の記憶を喪失しているのか……。

わたしには、わたしが記憶しているわたしの人生がある。それは女が語るわたしの人生とは異なるものだ。もしかすると、わたしが自らを認識しながら歩む人生と、他者がわたしを観察しながらわたしに関わる人生とは、違ったものであるかもしれない。とすれば、わたしの人生は何通りもあるわけだ。さらにわたしがそうありたいと望んだ人生がある。そして、そうありたかったと悔やむ人生。何度も現れた三叉路……。

目が慣れてくると、部屋の中の様子がわかるようになった。身を起こしてみる。わたしはパイプのベッドに横たわっていた。

ここは病院か？　小太りの女に促されて入った館。わたしはそこで気絶させられて、この部屋に運び込まれた。気絶のショックで記憶を失ったのかもしれない。記憶喪失は何らかの代償だった。

例えば名前。わたしは名前を失った。いや、自分の名前を答えられなくなった。あまりに名前、名前と訊ねるから、あるとき紛失したと答えた。名前の紛失届を出したいと言った。すると今まで横柄な態度だった警官が急に慌て始め、あちこち無線で連絡しながらオロオロとわたしを宥め始めた。宥めてあげねばならないのは慌てた警官の方だったのに。彼は応援を呼び、パトカーが来た。救急車も来た。わたしは多くの人々に囲まれて救急車に乗せられた。いや、救急車ではなかったかもしれない。救急車にしておこう。わたしは救急車でここへ来た。

わたしは興奮もしていないのに鎮静剤を打たれた。興奮していたのは注射を打つ先生の方だった。先生の手がふるえていた。そして、わたしが打たれた注射、鎮静剤に違いない。わたしはうつらうつらとしていた。暗闇の中からわたしを呼ぶ声が聞こえた。わたしは色々と訊ねられた。それは夢の中のようだった。わたしは夢の中で多くを語った。暗闇の中、いや天から聞こえてくる声に促されて、わたしの人生を語った。犬たちのこと、自転車、三叉路の迷路、そして警官。女、女、海岸。父との確執。語り終えて、記憶を失った。女の話はすべて夢の中の物語であったのかもしれない。

ベッドの横には窓があり、植木が見えている。木の名前は知らない。常緑樹だ、たぶん。反対側の壁際には小さなテーブルと丸い椅子があった。足元の方にドアがある。

立ち上がってみると少しふらふらした。よろよろとドアまで歩いて行き、傍らにあるスイッチを押すと、天井の蛍光灯がしょぼしょぼしながら点灯した。ドアのノブを回してみたが動かない。閉じ込められているらしい。もうひとつドアがあったので、開けてみるとトイレだった。便器の上にはトイレットペーパーが律儀に置いてあった。

明るくなって部屋の様子が明らかになったけれど、事態が進展したわけではない。依然として
わたしがどこにいるのかわからない。うすい灰色の壁に囲まれた殺風景な部屋に閉じ込められて
いるのがわかっただけだ。

テーブルの上に青い表紙のノートが置いてあった。開いてみると、最初の数ページに計算式が延々と書いてある。たぶん微分方程式というやつだ。あとは空白のページ。手すさびに方程式を解いていたのだ。誰が？　わたしが？

突然ボーアやハイゼンベルグという名前が浮かんできた。自分の名前が思い浮かばないのに、くだらぬ名前が脳みそからあふれ出す。光は粒子であり、また波である。電子もまたしかり。そんなつまらぬことを考えた。シュレーディンガー……、ふと気がつくとわたしは便器に座っていた。

便器に座ったのはわたしの本能的行為からだ。いや、そうじゃない。本能的ではない。幼いころわたしは便所が苦手だった。白い便器のなかに大きな黒い穴がぱっくり開いていた。そう、汲み取り式の便所だったのだ。ウジ虫がいっぱいいた。その黒い穴がとても怖くて、便所へ一人で入れなかった。だから便所の戸を開けて、外から祖母に見守ってもらっていたのだ。でも怖いもの見たさで、便器の中を覗いてしまう。わたしは肥溜めの中の雲古の行方を追った。

「尻を拭いて、早く出て来なさい！」祖母の怒声があたまの中に響いた。

便所の中の黒い穴。洋式の便器になって、黒い穴はなくなり、わたしは怖れることなくトイレ

に入った。トイレは安逸の場となり、休息の場となった。わたしはトイレで読書をし、また思索した。存在に凝っと眺められている後ろめたさ。(注8)便器の中の黒い穴は虚無となってわたしの身体に転移していた。虚無を内包した身体は、己の存在に根源的な不安をいだく。

自らの存在に疑問をもち、自らの存在の不安を語ると、そう思い詰めるなと助言される。わたしがわたしであることが不安になり、主語のわたしと述語のわたしのあいだに亀裂があると話すと、少し変わった奴と思われる。自らの存在の不安、また自らの同一性の不安に鈍感になり、能天気に生きた方が世間では健常者であるらしい。健常者とは鈍感に能天気に生きる者のことだ。感覚が鋭くなり、思考が明晰になって自らの不安を語れば、それは変わった人間と見なされ、やがては異常者の烙印を押されてしまう。

わたしは便器に座って雲古をしようとしていたのだった。わたしが雲古をしようとする行為を何者もとめることはできない。……にもかかわらず、雲古は出ない。出ないのは雲古だけではない。小便も出ない。尿意は確かにある。しかし、出ないッ。何者かがわたしの小便を止めている。医師は肥大した前立腺が阻んでいるという。手術を持ちかけてくる。余計に縮んでしまうではないか。出そうとして、出ないッ。出したいのに、出ないッ。逸《はや》る気持ちを抑えて眼を閉じて静かに待った。待つこと暫し……、やがて萎《しぼ》んだホースの先からちょろちょろと小便が零《こぼ》れはじめた。力んでみたが勢いはよくならない。情けない話だ。もう力いっぱい小便をすることもできない。

このとき気づいたのだが、わたしは浴衣を着ていた。浴衣がはだけていて、裸と勘違いしたらしい。赦されよ、目が覚めたばかりのときは、自分がだれであるのかさえわからないときがあるものだ。毒虫になっていることさえある。

窓を開けると格子がはまっていた。植木があって、その向こうに塀があった。塀には錆びた自転車が凭《もた》れかかっていた。わたしの自転車だろうか？　ハンドルも、フレームも、車輪も茶色く錆びている。車輪には草が巻き付いている。ずいぶん長い間放置されているようだ。砂浜ではなく、塀に凭れて錆びてゆく自転車。自転車に絡んだ人生だった。かつてわたしの脚が自転車だったこともある。半身半輪のケンタウロス。そして、自転車がわたしの人生だった。

医者と名乗る若造はわたしの自転車を病気と称し、修理しようとしたけれどついに治すことができなかった。藪医者め！　自転車はわたし同様に放置されている。

わたしは自転車について考えた。この錆びた自転車とわたしの関係。自転車について思い出すこと。

わたしの自転車。七歳のときだった、自転車を買ってもらったのは。わたしはそれに乗って、いきなり隣の家に飛び込んで、玄関を壊してしまった。ブレーキの存在を知らなかったのだ。自転車に乗れるようになると、嬉しくて、タカアキ叔父さんの家へ行こうとして、となりの町で迷子になった。行く道を憶えていたつもりだったのだが、道は一本道ではなく、あちこちに三叉路や十字路があって、わたしを迷わせた。以来、わたしにとって道は常に迷路になった。

高校生のとき、わたしは通学に自転車に乗って駅まで行った。電車にいつも乗り遅れ、毎日遅刻を繰り返した。授業が始まった校舎で、誰もいない玄関の靴箱の中の白い封筒。退屈な授業。家に帰ってからも、自転車に乗って海へ行った。防波堤の先端に座って海を眺める。青い海。遠くの島影を眺めていた。貨物船が浮かんでいる。重厚なエンジン音が海全体に轟いている。

「海が青いのは、空の青さが映っているからなのね」

海でのことを思い出すと、あたまの中でいつも女の声が聞こえてくる。何故か眼がしらに涙がたまってくる。煙草が吸いたくなってくる。

夕暮れになった。空が赤くなっている。わたしはふたたびベッドに横になった。そして、わたしが、いま、どこにいるのか考えた。

わたしは白い館の中にいる。女の家ではない。女の家での出来事は夢であったのかもしれない。夢であったとすれば、それはわたしが望んでいた人生か？　違う。では、あったであろう人生か？　違う。どこかの三叉路で行違った人生。わからない。三叉路でわかれて、またわかれて、何度もわかれてたどり着いたのがここだ。まあどうでもいい、白い館にいることにしよう。わたしはそこで生活している。わたしは眠り、食事をし、休息し、時間をつぶす。何をして？　そのうち思い出すだろう。

さきほど開けておいた窓から大きな月がのぞいている。夜になっていた。どうやらまた眠り込んでしまっていたらしい。

自らの意識のなかで、一瞬の瞬きと思われた時間が、実は数十分も、或いは数時間も経過していた現実がいままでにもあった。それを眠りと規定していた。若いころには信じられぬ現実であったけれど、何度も経験することによって、ついには逃れられぬ宿命と悟り、死とは自らの意識によって永遠に時間を捉えられなくなることではないか、と思い至った。そして、われわれは夢を見ることによって、永遠の時間を捉えようとした。

月はわずかに欠けていた。月は格子の左側から右側へ少しずつ移動していった。月は阿呆だ。月はお尻を見せて現れる。お尻を隠して現れても、お尻を見せて隠れていく。月は見るたびに顔を変え、時間を変えて現れる。現れるのは夜ばかりではない。昼間にも間抜けな顔をして青空に浮かんでいることもある。夕方に西の空で顎を尖らせてツンとすましているかと思えば、徐々に東の空に移って頬を膨らませながら笑いかけてくる。いくら表情を変えても、月はお尻を隠せない。でも、月のお尻はだれにでも見えるものではないらしい。

ある時、興に乗じて月がお尻を見せていることを知人に教えてやったことがある。彼は驚いてわたしの顔をしげしげと見つめた。彼が驚いたのは、月がお尻を見せているということよりも、月がお尻を見せていると話したわたし自身にであった。まるでわたしが月に憑かれて狂っているといわんばかりの顔だった。彼は真理に驚かず、真理を語った者に驚いたのだ。真理を語る者は変わり者のように思われ、異常者と見なされる。

つまらぬことを思いながら阿呆な月を眺めていると、ふいと太陽に照らされている自分に驚いた。客観的に判断すれば、健やかに眠って輝かしい朝を迎えたわけだ。わたしはこの部屋で、眠っては覚め、覚めては眠り、それを繰り返していたのだった。退屈はしなかった。

眼が覚めると、テーブルの上に食事が置いてあった。四角いトレーの中にご飯、だし巻き、さくら干し、味付け海苔、漬物、味噌汁、お茶一杯。すべて美味しく戴いた。何の薬か知らないが、透明な袋に入った二錠の薬が水の入ったコップとともにあったので、それも飲んだ。

食べ終えて眠っていると、次に目覚めたとき、テーブルの上はきれいに片づけられていた。テーブルの上に着替えが置いてあることもあった。いったいだれの仕業だろうか？　興味を抱いてみたけれど、日がな一日眠っているのでわからなかった。

窓から見える月は様々にかたちを変えた。わたしの眠りも次第に浅くなり、やがては眠っている時間よりも覚めている時間のほうが長くなった。

わたしは窓から庭を眺めたり、或いは夜空の月や星を眺めたりして時を過ごした。庭の草木や夜空の星月には日々新しい発見があり、退屈しなかった。そして、ぼんやりしていたわたしのあたまは少しずつ醒めてきて、もやっていた記憶も断片的に姿をあらわしはじめた。

錆びた自転車がいやが上にも目に入る。自転車はいつもわたしの前でその存在を誇示するかの如く塀に凭れかかっていた。わたしと錆びた自転車の関係。どうしてもそれに思いを馳せるようにしむけられているようだ。

ある日、ずいぶん早く眼が覚めたので、窓を開けて外を眺めた。まだ夜明け前で世界は紫色の空気におおわれていた。窓辺に佇《たたず》んで庭の木々に澱《よど》む空気を観察していると、紫色の空気は次第に紺色になり、水色になって、灰色になり、やがては透明になって世界は明るくなった。そして太陽が昇りはじめると、その空気はキラキラと耀《かがや》きだした。

突然ドアが開く音がしたので振り返ると、女が驚いた顔をして立っていた。いつも眠り呆けていたわたしが起きていたので驚いたのだろう。このとき、食事や着替えの出没が彼女の仕業であったことを了解した。「使用人か？」と訊ねてみたが、彼女は微笑むばかりで答えなかった。「もしや、母上か？」と思い切って訊ねてみたら、彼女は黙って首を横に振った。

以来、昼間も起きていることが多くなったので、彼女とはときどき顔を合わすようになった。しかし、会話をすることはなかった。わたしから話しかけても、彼女は黙って笑っていたり、或いはうつむいて首を横に振ったりするだけだった。そして、床をモップで拭き、シーツを交換し、トイレを掃除した。もしかすると口がきけないのではないかと思った。

昼間は椅子に座って窓の外を眺めたり、或いはベッドに寝転んで天井の染みにシュールな想像をしてみたりした。あるときは顔に見え、同じものが花瓶に見えた。なかなか面白い遊びで、退屈しなかった。記憶もかなり取り戻し、さまざまなことを思い出した。

幼いころ犬を飼っていた。ハチという犬だ。ハチは味噌汁をかけた残飯をガツガツ食べた。わたしが食べ残した煮魚を骨ごとバリバリ食べた。食べ終わると、舌で口の周りを何度も舐めながらわたしを見つめた。小学校からの帰り道、八百屋の裏手でハチの姿を見かけた。ハチは祖母から鎖を放たれて散歩に出ていたのだ。「ハチ！」と声を掛けようとしたら、ハチは見知らぬ犬の上に跨った。もう一匹いたのだ。よく見ようと近づくと、ハチはわたしに気づいてこちらを向いた。ハチはもう一匹の犬が向こうを向いたまま引き摺って来ようとしたので、これは何か取込み中だと思って、その場から離れた。わたしはこのことを祖母に黙っていた。

大学に入って、下宿先にはゴンタという犬が飼われていた。ゴンタは広い庭で放し飼いされていたが、そこに居候らしい子ぶりの犬がいつもいて、ウィスロウと呼ばれていた。ウィスロウはゴンタの子分のようについて回り、あちこちで家族に媚びを売った。わたしが大学へ行くとき、ウィスロウは途中までついてきた。立ち止まって呼ぶと、なんだか照れくさそうに寄って来て、わたしの前で仰向けになった。いつものように腹を撫でてやると満足したのか、その場でわたしを見送った。

わたしは犬を飼いたいと思った。だけどこの部屋で飼うのは不可能だ。わたしはこの部屋から出たことがない。外のことは窓から見える部分しか知らない。わたし自身が飼われているみたいなのだ。餌は毎日運ばれてくる。ねぐらもあの女が毎日掃除してくれる。飼われている人間が犬を飼う。密かに飼う。

その日からわたしは犬を飼うことにした。その犬は近所の友達の家で貰ってきた、いや、拾ってきたことにしよう、道端で。小さな雑種犬だ。ようやく乳離れしたばかり。捨て犬だろうか。台所にあったカップヌードルなどを入れてあった籠にクッションを敷いて犬小屋にした。その犬はクンクンと泣いて立ち上がり、籠の縁に捕まると、籠が倒れて飛び出した。いっしょに入れてやったウサギのぬいぐるみを銜えて遊んでいる。生活が少し楽しくなった。

窓を開けて空を眺めていると、雲のかたちがつぎつぎと変わる。ベッドに寝転んで天井を見つめていると、いつも見る染みが日によって違って見える。変わらないのは日常。

ときどき思い出したように飼っている犬の面倒をみた。少し大きくなってわたしの足に纏いつくようにして歩く。ゴムボールを転がせてやると、喜んで追っていく。銜えようとするがボールが大きすぎる。前足で触ると横へ転がってしまう。慌ててボールを追っていく。そのしぐさがかわいい。

女は毎日食事を運んできたり、掃除や片づけをしたりして出て行った。「おはようございます」とか「こんにちは」とか言って、一日に四五回は出入りする。最初の頃は無口だったけど、今は違う。彼女とはときどき言葉を交わすようになった。天気の話とか、気温の話とか、ときどきわたしの気分を訊ねたりもする。最初女は無口だった。もしかしたら女が替わっているのかもしれない。

わたしは犬を連れて海岸へ散歩に出かけた。遊歩道では他の犬も散歩に来ていたのでわたしは犬を抱いて歩いた。浜辺に降りると、犬は喜んでリードを引っ張って駆けて行く。リードをいっぱいに伸ばしてわたしの周囲を駆け回る。こらこらリードが巻き付くじゃないか。わたしは足を跳ねてリードを避けた。

「何を見ているの?」と後ろから声がした。思わず「犬と散歩している」と答えてしまった。

「エッ⁉」と、女が素っ頓狂な声をあげたので、思わず振り返って「想像で……」と言い訳した。

女が黙りこんだので、慌てて「犬を飼っている」と言い訳をした。

「ここでは犬なんか飼えないわよ！」と女はモップをかけながら言った。

「いや、秘密の場所で飼っている」とわたしは答えた。

「秘密の場所？　どこで？」女は興味深そうに手を止めて問いかけた。わたしは「ここ！」と自分のあたまを指差した。

女は一瞬凍った表情になった。不味いことをした、と思った。しかし、女の表情はすぐに元に戻り、「そうなの……。どんな犬？」と話を合わせた。

「小さな雑種犬」とわたしは答えた。

ちょっと気まずい雰囲気になったのでわたしは隠れるようにトイレに入った。

ある日、「ワンちゃんは元気？」と言って女は陽気に入ってきた。食パンとイチゴジャム、野菜くずのようなサラダ、パック入りの牛乳、それらが乗ったトレーをテーブルに置いた。薬は一錠になっていた。

ジャムをパンの上に伸ばしていると、「ワンちゃんの名前は何というの？」と女が訊ねてきた。

「名前？　名前はない」そう言って食パンをモグモグした。

「名前をつけてないの？　それはだめよ！」

「名前は必要ない」そう言って、わたしは牛乳を飲んだ。

「名前がなかったら、ワンちゃんをどう呼ぶのよ、スリッパを銜えて逃げたワンちゃんをどう呼ぶのよ」

わたしは黙ってトマトを食べた。

「やっぱり名前は付けるべきよ」女は嫌に絡んできた。

「あたしはあなたが飼っている犬を見たことないけど、あたしが名前を付けてあげる」

わたしはパンを食べ、牛乳を飲んだ。犬のことに関わって欲しくなかった。しかし、女は名前に関わってきた。

「そうねえ……、かわいらしい名前を……、そうだ！　マル、マルちゃんよ、マルにしましょう、ね、いいでしょ？」女ははしゃぎながら言った。

わたしが飼っている犬はマルという名前になってしまった。

「マルちゃんは元気？」

女はそう言って陽気に入ってきた。わたしはベッドに寝転んで犬とゴルフボールで遊んでいたが、いっぺんに萎えてしまった。わたしはそのまま憮然と窓の外の錆びた自転車を見ていた。女はベッドの周りを掃除していた。

女はひとりでしゃべっている。仕事がつらい、給料が安い、亭主がいないから近所から莫迦にされている、娘が言うことをきかない、などなど。しかし、わたしには関心がない。わたしは女の動きを目で追った。小太りした身体でよく動く。女が床を掃除し始めて、大きな丸いお尻をこちらに向けたのでそっと撫でてやると、「バカッ……」と笑顔を残して出て行った。まんざらでもなかったらしい。

以来、女は深夜にときどき入ってきて、わたしの身体に跨《またが》って「嗚呼《ああ》」とか「良《い》い」とか微かに叫ぶようになった。女が悶えているあいだ、わたしはほとんど何もせずに仰向けに横たわっていた。

別に男女の仕方を知らなかったわけではない。むしろ経験は多いほうだと自負している。息子だってているはずだ。ただ女性の両足の間の形状に昔ほど興味も愛着もなくなってしまっていたのだ。体力も気力もなくなっている。女性の股の間より、わたしの右手の親指と人差し指の間の方が、簡便で始末が早いので楽なように思えるのだ。

それでも気が向いたときには、女の乳房を両手で揉んでやると、女はいっそう声を荒げて腰を振った。女はわたしの倅を成りあわざるところに銜《くわ》えたまま、わたしが射精するか、倅が力なく萎《な》えてしまうか、倅が力強いまま女を昇天させてしまうまで離さなかった。これはこれでなかなかの苦行であった。

こんなふうに話すと、わたしたちが毎夜愛欲に耽っていたように思われるかもしれないが、実はそうではない。数ヶ月ほどの間のことを簡潔に話しただけのことだ。女の深夜の侵入は気まぐれで、予測不可能だった。彼女なりに事情があったのだろう。

わたしが窓辺で外を見ていると、「退屈そうね」と女が声をかけてきた。「退屈はしていない」とわたしは答えた。「へ〜え、わたしなんか、一日もこんなところでッ」と言って口を押え、照れ笑いをしながら「こんな生活、我慢できないわ」と続けた。

「慣れてくる」とわたしはつぶやいた。

「何か考えごとをしているの？」

「いや、昔のことを思い出している」

「昔のこと？」

「そう、ここへ来るまでのことを、どうしてここへ来たのか思い出せない」

「それはあなたが……」と言いかけて、女は口をつぐんだ。そして、「用を思い出した」と言ってそそくさと部屋を出て行ってしまった。何か都合の悪いことを言いかけたらしい。何かを知っているということだ。わたしの前世について。

　わたしは塀に立てかけられた錆びた自転車を見ていて『イーリアス』を読み止《さ》しのままだったことを思い出した。続きを読みたいと思った。そして、次に女が入ってきたとき、岩波文庫の『イーリアス（下）』を買ってきて欲しいと頼んでみた。

「そんなムツカシイ名前、憶えられない」と女は言った。

　そして、ボールペンで手のひらに書いた。

　しばらく日が経ってそんなことを忘れてしまったころ、昼寝から目覚めたとき、テーブルの上に『イリアス（下）』が置いてあった。

わたしは起き上がって椅子に座り、その本を手に取った。おかしい、装丁が違う、さらに訳者が違う。どういうことか？　わたしが読んでいたのは呉茂一訳だった。それが松平千秋訳になっている。岩波文庫が二種類あるのか？　そんな莫迦な……。

わたしは慌てて奥付を開いてみた。一九九二年九月一六日発行となっている。一九九二年……、そんな莫迦な！　いったいわたしは何をしていたのだ！

記憶を呼び戻してみると、過去の様々な断片が去来する。しかし、それらには連続性も一貫性もない。ここがどこだかわからない。なぜここにいるのかもわからない。さらにはいまがいつなのかわからない。わからないことばかりだ。わたしがだれだかわからない。わたしの自己同一性も心細くなってくる。しかし、それは今に始まったことではない。わたしはそんなことをおくびにも出さず黙っていた。少し鈍感な振りをした。日常生活の愚鈍さではなく、精神の鈍感さだ。自分と自分の間に溝があると言えば異常者にされる。それに気がつかない能天気が健常者だ。月のお尻もそうだった。精神の健常者というのは、言い換えれば日常生活における精神の愚鈍者である。それをわたしは学習した。気がつかないふりをする。思ったままを口にすれば、また異常者の烙印を押されるからだ。

わたしは『イリアス（下）』のページを繰ってみた。第十三歌から最後の第二十四歌までである。呉茂一訳では第＊＊書となっていたはずだ。それに「ホメーロス」が「ホメロス」、「イーリアス」が「イリアス」、「ヘクトール」が「ヘクトル」など、名前の呼び方が少し違う。さらに訳注のあとに、伝ヘロドトス作の「ホメロス伝」が併載されていた。これにはちょっと得をした気分になった。とりあえず読み止しの第二十歌から読み始めた。いよいよアキレウスとヘクトルの戦いが始まるのだ。

ベッドに寝転んで『イリアス（下）』を読み始めた。各歌の初めに梗概がついているのでわかりやすい。ゼウスがまたまた勝手な振る舞いを始め、諸神にアカイア側とトロイア方のそれぞれへ、戦闘への介入を許した。まったく上司の思いつきのようなものだ。出来の悪い上司ほど思いつきで指図をし、部下は右往左往させられる。

かくてアカイア勢は、両端反《そ》った船の傍らに、ペレウスの子よ、戦いに飽くなきそなたを囲んで武装を整えたが、他方トロイア勢も、平原に盛り上がった高みに陣を構えて戦いに備える。この時ゼウスは山襞《やまひだ》多きオリュンポスの頂上から女神テミスに、神々を会議に呼び集めよと命じた。そこで女神が各所へ走ってゼウスの屋敷に参集せよと伝えれば、河々の神たちは、オケアノスを除いてすべて集まり、また美わしい森や河々の源をなす泉、さらには青草茂る牧原に住むニンフたち……

ところが読み進むうちにすぐに眠ってしまい、目が覚めると、どこを読んでいたのかわからなくなっている。思い出せるところまでページを遡《さかのぼ》り、そこから再び読み始めるのだ。なにも羞じることはない、急ぐこともない。知らぬ名前が出てくると、またずいぶん遡《さかのぼ》ってその名前を探し、その部分を読み返した。忘れているのだ。

われながら嫌になってくる。松平千秋訳でもう一度初めから読みたくなって、いや、読まねばならぬと思って下巻を放棄したこともあった。これはわたしの悪い癖だった。新しいアイデアが浮かぶと、作品を途中で放棄してしまう。最後までやり遂げることができない。

しばらく日を過ごして、再び退屈紛れに『イリアス（下）』を手に取った。再び読みふける。アキレウスはトロイア勢を討ちまくり、神々もそれぞれに加勢する。やがてアキレウスとヘクトルの一騎打ちが始まる。そんなふうにわたしは一冊の本を弄んで日々を過ごした。

その間にも様々なことを思い出した。『イリアス』を読んでいて、その内容はもちろんのこと、それを読んでいたころのこと、それを読むにいたった文学的な記憶、そんな記憶を持つにいたったわたしの文学的態度、それにかかわるわたしの生活、わたしの仕事、若いころのわたし、学生時代のわたし、幼いころのわたし、わたしの出自、そういった様々なことを断片的に思い出した。

それらは当初の意識が朦朧としていたときと較べると、かなりはっきりした記憶であるが、はたしてそれが正確であるという保証はない。記憶は自らの欲望によって歪められるのを知っている。記憶は思い出すたびに書きかえられる。そして、自分に関する他人の記憶との齟齬もある。

ようやく『イリアス（下）』を読み終えて、本をテーブルの上に置くと、わたしはふたたびベッドに横になった。老王プリアアモスがアキレウスのもとへ、倅ヘクトルの亡骸《なきがら》を身請けに行く場面に想いを馳せる。わが子を殺した男の前に手を差し伸べる老王の姿に涙がにじむ。

こういってアキレウスに、老父への想いで泣きたいほどの気持ちを起こさせると、アキレウスは老王の手を取り、静かに押しやって、わが身から離れさせた。こうして二人はそれぞれの想いを胸に、こちらはアキレウスの足下に腹這いになって、勇猛ヘクトルのためにさめざめと泣き、アキレウスはわが父を、またパトロクロスをと代わる代わるに偲んでは泣いて、二人の泣き声は陣屋中に響きわたった。勇将アキレウスはやがて心ゆくばかり泣き、気持ちからも体からも悲嘆の情が消え去ると、つと椅子から立ち上がり、老王の白くなった頭と髯とを憐れみつつ、その手を取って起してやり、翼ある言葉をかけていう……

思えばフランツ・カフカも『父への手紙』のなかで「失われた息子」ではなかったか？　父親を恐れる三十六歳の息子フランツが書いた手紙。「なぜ父親が怖いのか」そう問う父にフランツは面と向かって答えられず、家を離れて手紙を書いた。成功者で自信過剰の強い父ヘルマン。彼は常に自分の意見が正しく、反論を言い淀む息子を理解できない。手紙は強い父と弱い息子の日常を克明に語っていく。そんな過剰な父がわが家にもいて、わたしを認めず、いつもわたしの前に立ちはだかった。朝わたしを起しに部屋に来て、黙ってわたしの耳を力強く引っ張り、わたしを眠りの泥から引きずり出した。「まるで犬だ！」ヨーゼフ・Kの叫び。わたしも叫ぶ。そんな恥辱に耐えきれず、わたしは家を出た。

父の訃報を聞いて実家に帰ったとき、父は座敷で北枕に寝かされていた。母が白い布をめくって父の顔をわたしに見せた。のっぺりした顔。伯父や伯母、親戚の人たちが周囲にいた。「やっと喪主が帰ってきた」伯母の言葉を契機にそれぞれが座敷から離れた。伯父が葬式の差配をしているらしい。わたしが家を出て、長いこと父に会っていないから、しばらく傍にいてやってくれ、と伯母が言った。

ひとり座敷に残されたわたし。蝋燭と線香が途切れないように気をつけるよう言われた。玄関の方で弔問客が賑やかに出入りしている。台所も女の声が騒がしい。奥の座敷だけが静かだった。わたしは白い布を取り、もう一度父の顔を見た。のっぺり見えたのは眉間の皺がなくなって、顔に血の気がないからだった。いつも神経質な鋭い眼差しだった。それが鬼のような形相をしたことがあった。幼稚園のとき、わたしが雲古の中のビー玉を探していたときだ。殴り殺されるのかと思った。祖母と母が間に入ってそれを止めた。これがトラウマか？　父にとっても、わたしにとっても。父は生涯わたしを認めなかった。いつもわたしの前に立ちはだかった。貧苦から立ち上がり、身体を犠牲にして働き、度胸と才覚で現在を築いた。そのおかげでわたしは何不足なく育てられ、糞役にもたたぬ大学を卒業した。わたしは文学に躓いてドロップアウトしたのだが、父にしてみれば尻尾を巻いて帰って来たことになった。負け犬だ。父の会社で仕事をしても、営業の強者《つわもの》ばかりの先輩たちの中で、成績が振るわず末席に連なっていた。仕事の出来ぬ息子。父は他人の息子の自慢話を聞いて来てはわたしを詰《なじ》り、自主性がない、決断力がないと責めたてた。「**聞いてるか！　親父！**」ある冬、風邪をひいて寝込んだが、なかなか治らず、あちこち医者を頼って診察を受けた。そして、最後にうつ病と診断されたのだ。

大学の卒業論文を英語で書き、五百冊を余る文学書を持ち帰り、毎週送られてくる『Newsweek』を読んでいる息子、朝方まで本を読み、昼前に起きてきて「そんなに寝てたら眼が溶けてしまう」と従業員に冷やかされる息子、親父はそんな息子を恥じ、世間の鋳型に収めようとして息子をうつ病に追い込んだ。

「親父！　起きろッ！」

目の前の親父の耳を引っ張って起そうとしたら、**ペキッ**という音がした。

日を追うごとに過去の記憶が鮮明に思い出される。マドレーヌを紅茶に浸したわけでもないのに、記憶が溢れ出してくる。自転車、犬、ビー玉、ライター、万年筆、音楽、文学、絵画、量子力学、生物学、精神病理学……。様々なことが、例えば水に浮かべた紙切れがねじれ、伸び広がり、水中化のごとく花や家になるように、わたしのあたまの中でそれらの言葉が膨れ上がって鮮やかな映像となって、記憶を取り戻す。そして、様々な岐路がたち現われた。それは実際にあった過去、あったかもしれない過去、あってほしかった過去、それらが混在して、区別もなく、思い出される。わたしはそれらをノートに書き留めようと思った。

　ある日、わたしは女に国語辞典と鉛筆が欲しいと言った。要領を得ぬ態度であったけれど、次に食事を運んできたとき、女は使い古されて外装が擦り切れたポケット版の『角川国語辞典』と、長さ三センチばかりの短い鉛筆を持ってきた。辞典は我慢できるとしても、鉛筆は持ちにくい。もっと長いのが欲しいと女に言った。

「事務所にあったのをこっそりもってきたのよ」と女は口を尖らせた。

　意気をそがれたわたしはしばらく寝転んだまま辞典を繰って日々を過ごした。

　ある日、わたしが犬と散歩をしているところへ女が入ってきて、鉛筆をわたしの前で振って見せた。そして、弾んだ声で「はい、プレゼント！」と言った。「消しゴムもよ」と言って、テーブルの上に置いた。

「何を書くつもり？」

「犬……」

「マルちゃんを？」

　わたしはこくりとうなずいた。

「どんな犬か見たいわ。上手に描いてね」

「いや、違う。犬の物語だ、餌をやったり、散歩したりする……。犬と過ごした楽しい日々を書きたい」

「そうなの……」

女は黙って出て行った。

わたしは窓の外を見ながら、飼っている犬の思い出を整理した。その思い出が様々に甦り、また、それまでに飼った犬たちの思い出も呼び起こされた。ハチ、シロ、クマ、そしてマルと女が呼んでいる犬も記憶に加わった。

わたしはわが家の犬の系譜から語り始めよう、と思った。犬たちを区別して話すために名前が必要だった。名前というものはどこまでもつきまとう。わたしはあたまの中で飼っている犬の名前をマルクスにすることにした。そう、マルクス・アウレリウス。そしてマルクスを主人公にして、溢れ出てくる記憶を書き綴ろうと思った。自分の人生になぞらえた物語を、そして臆面もなくでっちあげた物語を。わたしによって語られるわたしの物語を。わたしに語られるわたしが語った物語を……。

真夜中だった。雨が窓ガラスを打っていた。わたしは椅子に座ってテーブルの上の青い表紙のノートを開いた。ノートの最初の数ページには、微分方程式の数式が書きこんであった。シュレーディンガー方程式だ。以前、わたしは手すさびにその方程式の解を計算していたらしい。それらのページを、わたしがそうあったであろう人生を、望まれていた人生の残骸を、わたしは惜しげもなく破り捨てた。そして、そのノートの最初のページから鉛筆でわたしは書いた、「ハチにも劣るヤツだ」と。

真夜中ではなかった。雨は降っていなかった。

マルクスの場合

注記

注1　本文中マルクス・アウレリウス『自省録』からの引用は、中央公論社刊「世界の名著14」によるものです。章及び節は（＊・＊）で示す

注2　韓愈《かんゆ》（七六八〜八二四年・中国唐代中期の文人）の「雑説」である。テキストは筆者が高校時代に使用した教科書『標準高等漢文』（小林信明著・講談社）から採った。

注3　エヴァリスト・ガロア（一八一一〜一八三二年）はフランスの数学者。「五次以上の方程式には一般的な代数的な解がない」ということを、「群の概念」を用いて証明した。このガロアの理論は、群論として現代数学の扉を開いただけでなく、現代の科学のあらゆる分野に絶大な影響を与えている。

注4　『ドン・キホーテ』　セルバンテス　会田由編訳（河出版世界文学全集）

注5　『平家物語　上巻』　佐藤謙三校註　（角川文庫）

注6　『結ぼれ』R．D．レイン（村上光彦訳　みすず書房）
R・D・レインはスコットランド出身の精神医学者。「反精神医学」運動を提唱・展開した。それまでの精神科医の多くと異なり、病的行動から、患者の実存的境地・意味を理解しようと努めた。『ひき裂かれた自己』（みすず書房）

注7　韓愈の「伯夷頌《はくいしょう》」の冒頭部である。これも筆者が使用した教科書から採った。
伯夷は中国の殷周交代期（前一一〇〇年頃）の義人で、後に孔子に聖人として顕彰された。

注8　『不合理ゆえにわれ信ず』埴谷雄高作品集2（河出書房新社）

略歴

諸井　学［もろい　まなぶ］
本名・伏見利憲
1950年　兵庫県姫路市的形町生
1972年　名古屋工業大学卒
2006年より文芸同人誌「播火」同人
著書・『種の記憶』『ガラス玉遊戯』『神南備山の
　　ほととぎす－わたしの『新古今和歌集』－』
　　（ほおずき書籍）
共著・『恋いして』（ほおずき書籍）
兵庫県姫路市在住

マルクスの場合

2024年1月31日　第1刷　発行

著　　者　諸井 学
装　　丁　宮下明日香
発 行 者　木戸 ひろし
発 行 所　ほおずき書籍 株式会社
　　　　　www.hoozuki.co.jp/
　　　　　〒381-0012　長野市柳原2133-5
　　　　　TEL（026）244-0235㈹
　　　　　FAX（026）244-0210
発 売 元　株式会社 星雲社（共同出版社・流通責任出版社）
　　　　　〒112-0005　東京都文京区水道1-3-30
　　　　　TEL（03）3868-3275

ISBN978-4-434-33371-2